青春期的詩
繪圖・練任

獵命師傳奇

FateHunter

獵命師傳奇系列【卷十四】

九把刀 Giddens 著

「不可詩意的刀老大」之

偉人就是在說我！

本來寫序都是很快樂的，因爲這代表我又攻下了一集《獵命師》。

但現在，又到了我「最痛苦」的寫序時間。

應很會撕序的沒人性編輯的要求，通常我都要對著螢幕胡扯一番，很用力地把不好笑的東西講得很好笑，我原本是個相當嚴肅的人，每次寫序都煩惱。如果寫得不好笑，編輯那邊不過，版稅就不下來，我就等於寫了個屁。

我不能接受過去一個月，我都活在一團屁裡。

只是最近我的年輕讀者增加了，出版社收到很多家長的來信，說他們的孩子都很喜歡我、都很受我的影響，希望我可以多寫一點有益身心健康的警世文章（例如不好好讀書腋下會長蘑菇、例如上課看小說打牌會滲尿）幫助他們的孩子認眞一點長大，不要老是在那裡乾熱血，結果最後變成跟我一樣的人。

這麼說好了，家長們，放心把小孩子交給我吧，因爲我可是偉人！

對，你們以爲我又要唬爛了吧？

WRONG！

本來我也不相信自己即將成爲一代偉人，但上個禮拜發生在我身上的怪事，讓我不得不信。

事情是這樣的。

上個禮拜天我在家裡寫《獵命師十四》最後一個章節，寫累了，乾脆在客廳練習扶老奶奶過馬路的姿勢（被狗仔偷拍我默默行善的時候，可以表現得帥一點），有人來按門鈴。

我一開門，就看見兩個渾身濕透的人。

他們一高一矮，穿著黑色西裝，人模人樣，但他們全身濕掉的程度就跟他們剛剛從海裡走出來的感覺差不多，弄得我家門口地板都是水。

「……」我忍不住看了一下外面。

現在出大太陽、還刮熱風耶，這兩個人怎麼有辦法淋得這麼濕啊？

「您好，您一定是九把刀吧？」高個子喘著氣。

「是。」被叫您，感覺眞是飄飄然啊。

「太好了，我們是未來偉人保護組織的特派員。」矮個子乾脆脫下鞋子，在門口給我擰濕襪子：「是這樣的，我們是專程從未來世界穿梭時空，來到二十一世紀初期來保護您的特務。我叫……」

高個子粗著脖子大吼：「笨蛋，不能說出我們的名字！九把刀偉人知道我們的名字後，可能會改變既定的未來啊！」

等等。

「這不是抄『魔鬼終結者』嗎？」我打斷他們的對話。

高個子點點頭，矮個子搖搖頭。

我看得有點亂了，只好說：「你們在開玩笑嗎？」

「真希望是個玩笑，但九把刀偉人，您現在的處境非常危險，這也是我們辛辛苦苦跨越蟲洞，來到這個時間點協助您渡過難關的原因。」高個子抹了抹臉。

「蟲洞很濕嗎？」我打岔。

「是的，九把刀偉人果然名不虛傳。蟲洞非常地濕，傳送時間又久，我們都差點在蟲洞裡窒息了呢。」矮個子用力擰了擰領帶，搞得我家門口滴滴答答的。

這兩個濕掉的人一直叫我偉人，叫得我不禁覺得自己偉大了起來。

我只好請他們進屋子裡喝茶，還扔給他們兩條抹布把臉上的水擦一擦。

他們兩個在我家裡東看西看，還一直鬼叫：「天啊！沒想到眞的能到九把刀偉人家裡，親眼目睹奇蹟發生的根據地啊！天啊！」最後還給我感動地流眼淚。

「不可能吧，都市恐怖病的初版！竟然還是只有一刷的版本！」高個子立刻跪下，用力膜拜著我的書櫃。

「這個時候《獵命師傳奇》才出到十三？這種紙質，這種封面……傳說中都是亂寫的序！」矮個子整個人五體投地趴在地上，還哭了出來。

雪特，這一定是詐騙集團。

而且是個技巧非常拙劣、白爛到頂點的詐騙集團！

但待人親切是我的強項，我還是倒了熱咖啡給他們。

「這是？」高個子皺著眉頭，聞著熱咖啡的香氣。

「根據歷史文獻，應該是一種叫熱咖啡的……飲料？」矮個子嘖嘖。

夠了，這種爛演技眞的是夠了，還歷史文獻咧！

當這兩人正要開始喝熱咖啡的時候，我立刻拿起其中一杯，往自己的頭上淋下去。

雖然燙得要死，但我面不改色。

「其實我們熱咖啡的標準喝法，是這樣。」我微笑，頭冒煙了。

高個子跟矮個子毫不猶豫，立刻模仿我的動作把熱咖啡淋在頭上。

眞是令我肅然起敬的詐騙集團啊，竟然沒有笑場！

不過別想用這麼白爛的橋段騙我上當啊。

「九把刀偉人，我們就直話直說了，由於您是未來非常重要的偉人，您在任何時間點上做出任何的決定，都可能改變我們所認識的歷史，但歷史有時候會因爲山繆星人過度頻繁進行時光旅行、或使用的時光機器太過巨大的關係，產生一種稱爲蟲洞拉撐裂損的效應。」高個子的頭髮冒煙，咖啡汁液沿著額頭、順著鼻子慢慢滴下來。

頭頂冒煙的矮個子，接著高個子的話說下去：「通常蟲洞拉撐裂損一下也沒有關係，時間旅行醫療聯盟認爲，所有人暫時不要進行時間旅行，讓蟲洞休息兩個多月就沒關係了，蟲洞會自行修補損傷。」

喔，聽起來怎麼有點色色的啊？

「但！」矮個子用力一喊。

我嚇了一大跳。

「但！這一次有不明人士搭乘不明異物穿梭蟲洞，導致蟲洞裂損得太厲害，蟲洞在自行修復傷口時所分泌出的物質，已經外滲到各大時間區，這種神秘的物質相當特殊，根據過去慘痛的經驗，將導致許多時間區的歷史發生驚人的改變。」高個子解釋。

「什麼是過去慘痛的經驗啊？」我隨口問。

他們異口同聲大叫：「不能說！」

「不是太深奧就是不能說，是不是詐騙集團啊？」我嘖嘖。

「……詐騙集團是什麼？」

高矮兩人面面相覷，好像他媽的歷史辭典沒把這麼重要的詞彙編進去一樣。

太假了吧。

「所以呢？許多時間區都面臨危機，然後呢？」

我只好裝作很好奇，咖啡從我的頭髮上不斷流下來。

「爲了保護歷史暢通運作下去，許多小人物我們不管，但對於將在未來世界做出重大貢獻的偉人，我們機構都會派人冒險穿越蟲洞進行重點保護，確保偉人在還沒有成爲偉人之前的人生，完全按照歷史記載的一樣正確運行下去，這就是我們的工作！等到蟲洞的裂損自行修補完畢，我們才會再回到我們原本的時間區。」

「所以，只要偉人的人生搞定了，歷史就沒問題了？」我冷冷地問。

「是的，根據『偉人傳就等於歷史』的時間定律，重點保護偉人就可以了。」高個子微笑：「要是一口氣出動太多特派員保護市井小民的話，反而會暴露出未來時間區的存在，改變了歷史。」

眞是漏洞百出的說法啊，還定律咧，要是我拿來寫小說，不就被笑死！

「那現在你跑來跟我說，將來我會成爲偉人，難道就不會改變歷史嗎？」我隨便舉出一點，就可以打死這兩個騙子的說法。

「不會的，因爲您實在是太偉大了，歷史根本就是您參與製造出來的產物。」

答非所問，不過……

「所以我未來超偉大的嗎？」我忍不住問。

「是的，您非常地偉大。」高矮兩人異口同聲地說。

「靠！我就知道！我要打電話跟我媽說！」我一時太過激動，馬上就想打電話跟我媽報告這個好消息，跟她說她竟然生了一個偉人！

不過，等等。

我壓抑不住好奇心，問：「我到底做了什麼，變成一個偉人啊？」

矮個子立刻從口袋裡拿出一本濕答答的小本子，說：「根據您的年表，你在三十五歲以前還是個廢物，從三十六歲開始，您的人生將會出現……」

「等等，你是說……我現在還是個廢物？」我很詫異。

「是的，歷史文獻是這麼記載的。」高個子也拿出一本還在滴水的小冊子：「二十歲以前，是個典型又徹底的廢物，二十歲到三十歲，是個力圖振作的廢物、但尚未脫離時間聯合組織公約裡對廢物最侷限的定義，而……」

「等等！」我太怒了：「可我寫出頭天啦，那麼多讀者爲了裝我的小說去買新書櫃，那麼多學校請我去禮堂講笑話，已經是個暢銷小說家啊，再怎麼說我也不算個廢物吧？」

高個子誠懇地說：「跟您未來要做的事比起來，您現在根本就是個垃圾。」

這句話讓我肅然起敬。

雪特咧，原來未來的我那麼偉大，靠，就跟我現在老是叫過去的自己爲廢物一樣的道理。

那，未來已經成爲偉人的我，一定偉大得很超級啊！

「不好意思，可以請問一下未來的我究竟做了什麼變成了一代偉人？」

「這種事相當關鍵，我們怕一旦說出來，未來就會改變。」高個子臉色歉然。

「喔，原來如此。」我裝出可以理解的表情，又問：「但……我到底會有多偉大？

可以具體說明嗎？」

「在未來，偉人分爲三個等級，最低的是豐功偉業級，中等的是千秋萬歲級，最高級就是——宇宙戰艦級！」高個子倒背如流。

「那我？」

「您當然是宇宙戰艦級啊！」矮個子燦爛地說。

太爽啦！

我立刻跳到沙發上亂吼亂叫了一分鐘，這才勉強冷靜下來。

「九把刀偉人，請您理解我們只能在現階段陪伴著您，不能告訴您太多未來世界的細節。這段期間我們會幫您注意蟲洞的狀況，免得蟲洞的神秘修復物質不小心滴到了您，萬一您因此產生了異變，就無法按照歷史記載成爲偉人呢。」高個子繼續道。

滴？

從哪裡滴啊？

不管，從那種很濕的蟲洞滴下來的東西肯定很奇怪，我才不想被滴到。

「我走路都戴安全帽的話，會有保護效果嗎？」我正色問。

「安全帽？是一種帽子嗎？」矮個子歪著頭，快速翻著濕淋淋的小冊子。

高個子慢慢地舉起桌上半滿的咖啡壺，為自己跟我又倒了一杯，然後舉止優雅地朝頭頂上倒下，淋了自己滿頭熱氣。

「……」我皺眉，陷入沉思。

現在有兩個選項。

一，用最快的速度把這兩個超蠢的詐騙集團轟出我家。

二，承認自己將是個宇宙戰艦級的偉人，然後接受保護。

我深深嘆了一口氣。

「請問，我的《獵命師》會寫到第幾集才會結束呢？」我握拳，低頭。

「很抱歉，這是機密。」高矮兩人又是異口同聲。

果然還是沒辦法知道嗎？

我拿起桌上的咖啡壺，一口氣慢慢倒在自己的頭上。

於是，這兩個來自未來時間區的特派員，就暫時住進了我家……

獵命師傳奇系列【卷十四】

獵命師傳奇

目錄

〈拒絕老朋友的代價〉之章

第394話

千峰競秀，萬壑崢嶸。

黃山天都峰絕頂，有一奇石，兩側俱是眼力不可觸及的萬丈深淵。

此石險峻異常，寬僅兩尺，模樣如鯽魚背脊，尋常人想攀到上頭需冒極大危險。

先不說山勢難以克服，就說是風，在這天都峰山頂也未免吹得太猛太響，就連飛鳥經過也無法保持平衡，險些摔落，何況是人？

幸好在這山巔，除了難以言喻的美景盡收眼底外無利可圖，是以人跡俱絕。

在這險境，卻有一老獨自盤坐在奇石上吐納煉氣。

太陽落下已久，滿山雲海一片紫氣，風勢更強，吹得雲氣益加變幻莫測。

盤坐的老頭兒維持吐納煉氣的姿勢已久，絲毫不受風勢的影響。

自幾天前聽到從崑崙山那傳來的怪事，老頭心中就沒一刻安寧。

據那些人說，崑崙山山巔上的獵命師宗廟前，那尊用斷金咒冶煉萬年寒鐵製成的姜公人像，竟然遭到天雷殛毀，崩裂成數百數千塊。

這眞是太奇怪了。

明明就有用玄冥天護咒結在宗廟的屋脊上，萬鬼莫近，怎會遭到天雷斬劈呢？

如果這是個徵兆，會是指什麼事？該去找大長老談談嗎？

老頭兒慢慢睜開眼。

唉。

爲什麼在這無人仙境，自己還會這麼心煩意亂呢？

所有人都認爲當今之世，除了大長老外的九大獵命師，毫無疑問就是指烏禪、鬬吟、鬬不歸、陸征明、廟老頭、高力、任歸、谷歌石、郝一酉……

老頭兒嘆了一口氣……

緩緩伸出左手，身後刮起一道澎湃的豪風。

眼前雲氣破散，紫氣飛騰。

唉。

就算姜公人像遭天雷殛毀，事出有因，自也有許多厲害的角色會去調查關心，一把花白鬍子的自己實在不必心煩吧？不管別人怎麼看待他，這個世界上實在沒有什麼「非自己出馬不可」的事。

……把自己看得太重要，就是給自己惹麻煩。

老頭兒的左手繼續揮擺著。

風左風右，上上下下，就像一條無形的飛龍穿梭在雲裡，攪撥著，翻滾著，雲氣的形狀與走向完全掌握在老頭兒的意念之中。

像長了翅膀的大海，不管怎麼變幻，都煞是好看。

盤坐山巔的老頭兒，就是將大風咒練到了頂，被推崇為九大高手之一的郝一酉。

但將功夫練到了頂，又怎麼樣呢？

就因爲有能力，就一定要使用能力嗎？

十幾年前，相依爲命的靈貓死了，自己索性連貓也不養了。

……這舉動也算是一種表明心跡吧？

第395話

烏禪，那個不死心的傢伙。

「烏家火，鬪家水。」

這一句在獵命師之間琅琅上口的話，聽在同樣擅長火炎咒的高力耳裡，萬般不是滋味。每聽一次，就要用自己苦練發明的獨門咒術「無限火雨」燒掉半座山，要所有能夠看見山火的人都知道……

「看看誰才是火炎咒的大行家！烏禪那傢伙會這無限火雨嗎！會嗎！」

高力就是這麼咆哮。

可以想見，擅長火炎咒的高力一向跟烏禪不合。

聽說烏禪違背本性去說服高力一同去扶桑斬鬼的時候，一言不合還動上了手。

無限火雨很強，但高力打是打不過烏禪的，不過動手時一路冷言相譏，酸人比施咒還要厲害。最後烏禪大怒離去，揚言若能活著回來，第一個就來殺高力，讓高力自己嚐嚐被火燒死的滋味。

這是何苦？

那時郝一酉聽到這件事就想……徐福再壞，等他再次壞到中土，所有獵命師再一起聯手抵抗他就是了，不見得要衝到扶桑趕盡殺絕吧？

就算想衝，別人也不見得要跟你一起玩命啊。

又說到鬫吟跟鬫不歸這兩姊弟好了。

既然是渡海大戰，鬼水咒當然是所向披靡的大咒，整片海水都是咒語的法器，力量大到無法估計。別說鬫家一個人就敵得上一百艘戰船，就是徐福親自掛帥，想在大海上施法搞鬼，鬼水咒也不見得會輸給徐福的魔力。

烏禪，跟鬫吟跟鬫不歸，三個人是相當有交情的。

烏禪抱著理所當然的友情與希望，打算邀請兩位高手共赴戰場。

可？

自從忽必烈公開招募獵命師隨軍以來，鬫吟跟鬫不歸的行蹤便飄忽不定，顯然是故意。幾個月下來，烏禪用上了所有能用的命格就是找不到他們倆，問人也問不到。

烏禪爲此鬱鬱寡歡。

怪誰不得，人各有志，這點郝一酉眞心理解。

練鬼引術，沒人比陸征明還要在行了。

只是陸征明練著練著，竟養出一批萬人屍軍，模樣醜陋不說，還很臭。

一萬具臭得要命的屍體要放哪？

最後陸征明只好跑去南疆據地稱王，這也是一種人生的無可奈何。

接來要說的事搞得沸沸揚揚，每個獵命師都會背了。

烏禪千里跋涉到了南疆勸說陸征明，邀請他帶領萬人屍軍參加忽必烈東征，但聽說陸征明讓烏禪吃了閉門羹，來個死不見面，就只是派殭屍送道歉信給烏禪，客客氣氣要趕他走。

走是走了。

只是烏禪臨走前氣到放火燒了上千個屍兵，大吼：「想殺我，就到扶桑！」

陸征明已經放話，要是烏禪能夠活著回來，他就要率領屍軍圍殺烏禪。

這又是何苦?冤家宜解不宜結啊!

用咒語養蜘蛛的廟老頭也不買烏禪的帳。

他明擺著想在中原作威作福,也不想把命賭在大海上,做那英雄的夢。

「這是爲什麼?」烏禪壓抑著怒氣。

兩人隔了數十丈,全靠內力送話。

「烏禪,你追捕我這麼多年了,你還看不清嗎?老子很壞,從來就不是什麼好東西,殺人劫貨,姦淫擄掠,可以幹的我都幹了,就是沒人治得了我。就是你,打得過我,卻也抓不到我。」

雙手叉腰,廟老頭繼續他的大不屑:「徐福嘛,只是一個比我壞的魔頭罷了,我佩服他可以這麼壞,行不行?」

「廟老頭,你既然知道自己過去造孽太多,不如就跟我一起,把罪扔到大海裡洗一洗吧!大壞蛋當了這麼久,不膩麼!」

「不膩不膩,我的功力若能有今日百倍厲害,我也想跟徐福一樣,一百倍的壞。」

廟老頭呸了一口口水在兩人之間。

他說的可是眞話……

天下人這麼多，要壞，又未嘗沒有人壞得過徐福。

只是啊，那些人沒這麼大本事壞，於是便安安份份當個小強盜，當個小流氓，沒錢的時候搶錢，沒女人的時候搶女人。沒事做的時候？就重複沒錢跟沒女人的時候該做的事。

能力大點的，運氣旺點的，便弄來一批也想使壞的混蛋佔山做寇。

更厲害的，乾脆殺國稱王，再來個編篡歷史來翻轉他的惡業。

要壞，眞得看際遇造化。

「那這樣——徐福，有我一個人挑著！你就用你的蜘蛛舞幫我清掃一下那些礙手礙腳的小角色，這樣總可以吧？」烏禪克制的怒氣已經瀕臨極限，握住九龍槍的手又更緊了。

淡淡的火焰，在握槍的指縫中緩緩地竄了出來。

「烏禪你這狗娘養的！你當我傻的！」

廟老頭像個地痞無賴一樣放聲大笑：「血族皇城裡，又豈只一個徐福厲害？要是那、幾、個、人都醒著，即便是九大獵命師一起殺進去都要掉九顆腦袋！就算那、幾、個、人都乖乖睡著也罷，就算我也爽快地料理那些跑龍套的小嘍囉也罷，可你這狗娘養的萬一被徐福生吞活剝了，我要怎麼走？道個歉說我跑錯地方嗎？哈哈哈哈哈哈！」

這麼多年烏禪都想殺死作惡多端的廟老頭，可都沒有得手。

就在烏禪擊出大火炎掌的一瞬間，廟老頭就用他的獨門逃跑招式溜走了。

郝一西當然不欣賞廟老頭的爲人。

但在不想參與烏禪行動這一點上，倒是所見略同。

第396話

谷歌石。

這狂妄自大的傢伙，多年來對大家公推烏禪爲獵命師之首，非常不爽。

他老是忿忿不平，說火炎咒火來燄去的，端地是一種譁眾取寵的招式，哪像最多人用的怪力咒，從練功那一刻起就是一步一腳印，踏實深練，力拔千鈞毫不取巧。

更令谷歌石難以忍受的是，烏禪總是與落魄到家的闞吟、闞不歸飲酒歡歌，老是大讚：「鬼水咒好啊！」、「鬼水咒眞是霸道無雙！」

卻不來與自己交好？

比起闞家那窮得要命的兩姊弟，自己可是權勢遮天，獵命師跟隨他練功者眾，不分姓氏血緣、人數眾多幾乎自成門派。就算是尋常人等也想跟著他學習一招半式，入伍從軍。而軍部將領更是巴結著他、冀盼能得到的他得意門生，以獲武將。

但烏禪，就是不來跟他喝杯酒！

就是沒想交他這個朋友！

今次，烏禪終於來了。

還帶著一個請求。

「可以。」谷歌石爽快地說。

可以的背後，還有一個條件。

谷歌石這個條件很簡單，就是要烏禪下跪求他。

「不跪。」烏禪直截了當。

「爲什麼不跪？」谷歌石倨傲睥睨。

「不跪。」烏禪面無表情，卻也不動怒。

「嗤……」谷歌石眼神裡淨是尖銳的嘲諷：「如果你眞的像你剛剛說的那樣，可以爲了斬妖除魔的豪情壯志不惜性命，那，跪我一跪，又算得了什麼？跪了我，不敢說你就破得了東瀛血族，但起碼多了一份希望。你啊你，烏禪啊烏禪，你不過是在沽名釣譽，你斬徐福，不過是想在獵命師間萬古留名，求的不是正義，是虛名！」

但烏禪的凜然雙眼，像火焰一樣直射進谷歌石的靈魂裡。

燒得谷歌石的耳朵都紅了。

烏禪大聲，卻不急不徐地說：「男子漢，要做一件事，就該用男子漢的方式去做，就算失敗也見容於天地。苟且地幹，鬼鬼祟祟地幹，違背良心地幹，就算最後成了大事，也不痛快！」

「放屁！你既然有所不爲，爲什麼又去求廟老頭？你追殺他多年，是追假的？」谷歌石越說越大聲，脖子越來越粗：「爲了求名，你連仇人也求，卻不來跪我？我谷歌石是什麼人物？我統領江湖三大幫派，手底下調教過多少英雄豪傑，有什麼本事及不上廟老頭！你求他，卻不跪我?!」

烏禪朗聲大笑起來。

這一笑，震得谷歌石雙拳狂握。

「廟老頭罪孽深重，這麼多年我總是想殺了他祭天。但廟老頭可不是表裡不一的小人，我也算得上欣賞他說什麼是什麼，不來虛僞造作那套。廟老頭很壞，但我今天是要他跟我去殺一個比他更壞的人，想他把罪折了。他肯，我痛快。他不肯，我不痛快。一翻兩瞪眼，我跟他之間，何其簡單！」

「哼，總是有你說的了。」谷歌石語氣已沒有先前狂妄。

只見烏禪手中九龍槍鏗鏘蹬地，在地上裂出百條火痕。

谷歌石一凜，這是幹嘛？

「哪像你啊谷歌石，你比眞正的混蛋更讓人討厭，你敢趁火打劫叫我跪，我今天沒事，乾脆就來殺你罷！」烏禪右手放開穿入地板的九龍槍，赤手空拳踏步前行。

「我做了什麼，你要殺我！」谷歌石暴怒，卻不自覺往後退了一步。

「要殺你！便殺你！」

說完，烏禪只用一個時辰，就在谷歌石的地盤上，宰掉了自稱天下無敵的谷歌石。

話說就在谷歌石被宰的整整一個時辰裡，沒有一個門生膽敢出手相助。

事後烏禪在地上用火燒下四個大字，就昂首闊步走了。

「殺人練功。」

第397話

大風咒之首，當然也避不過烏禪的熱烈邀請。

「我的火，吹上你的風，天下之間有誰可擋！」烏禪喊得很用力。

「唉。」郝一酉嘆氣也很用力。

那天在華山之巔的對話，還眞是尷尬。

「我說老烏啊……唉，我說，你怎麼知道我在這裡？」

「老郝，你還能在哪？就是在四處高山上玩風弄雲不是？」烏禪哈哈大笑。

「是啊，你也知道現在的我就是到處爬山，到處弄風玩玩而已。」郝一酉坦白相告：「打打殺殺那種事，我年輕的時候就不愛，何況一腳踏進棺材的現在？我說老烏，我不會勸你別去扶桑，可你也別勉強我……」

「老郝，從前我不會管你，現在也不會管你，可今天我是來──求你的。」烏禪也沒生氣，只是神色滄桑。

這話說得很軟。

可軟得，極重。

「跟打徐福無關，就當是幫我，行嗎？」烏禪連這種句子也說了。

「很容易就死了。」郝一西直言。

「……我的火炎咒練個百多年，已經沒辦法再更進一步了，這一、兩年，可能就是我平生功力最強的時候，再老下去，我也沒辦法雄心壯志了。」

「老烏啊……你可曾……」郝一西支支吾吾。

烏禪打斷郝一西的窘態，縱聲吼道：「但你的大風咒，只要使出破潮陣那一發，風生火起，我的火威力將旺上十數倍，我再問你——天下間有誰可擋！」

烏禪用力說，周遭的空氣都震動起來。

當時郝一西真想回答「徐福」二字，可不敢。

一把年紀了，講話還要那麼小心，連自己都覺得很窩囊……

華山絕美。

面對著雲氣縹緲的深深山谷，烏禪站著，郝一酉坐著，一個人隨手對著虛空亂丟火球，另一個則用手搧風，將烏禪丟出去的火球逐個搧熄。

有的火球大，有的火球小，是以風也是忽大忽小，用量精準。

火球越丟越多、越來越快，郝一酉的風也就越來越急……

這個不需要言語的小遊戲，就是兩人相交八十年的全部。

男人嘛，不見得有話聊，但總可以找到一件事能夠一塊做的。

烏禪只有在跟郝一酉一起打發時間的時候，才會露出其他人都看不到的那一面。這都多虧了兩人相識的時候，烏禪還是個意氣風發的熱血大頑童。

忽地，烏禪丟出一團足以炸掉一艘軍艦的大火彈。

若郝一酉沒有攔到這團大火，萬一落到下面山谷，肯定會燒出災難的漆黑。

郝一酉趕忙運風狂吹，先將大火彈整個吹向上空，雙手再重重一拍。

八十八鼓勁風從四面八方將大火彈瞬間壓裂，消散無形。

果然厲害。烏禪咧開嘴笑說：「這樣吧老郝，我們認眞來一場賽，不傷和氣，點到爲止，輸的人要聽贏的人一個命令，如何？」

「老烏啊……」

「我都還沒說要賽什麼，你就拒絕我？難道你沒打算贏我嗎？」

烏禪皺眉，有點發火。

郝一酉低著頭，也不曉得在難堪個什麼勁：「我什麼都可以輸給你，可我眞的不想去。別說徐福了，就算你教我跟你一起去滅一個普通至極的國家，我也沒那樣的心境。我都一百二十多歲了，這一百多年來，九大獵命師裡面各有各的豐功偉業，就我一個，什麼也沒幹過，大家不過是推崇我的大風咒使得不錯罷了……」

烏禪抱著頭，頭痛道：「使得不錯？獵命師有多少人練大風咒？沒有一百，也有八十吧！你的大風咒，練到那些兔崽子都難以望其項背的境界，難道就沒有更大的抱負？難道你就只是想在這裡吹吹我的火球？」

「老烏……就當我不爭氣吧，我就只惦著玩玩雲朵罷了。」

扛著九龍槍，烏禪悶悶地走了。

那背影毫無霸氣，沮喪得要命。

第398話

對不起了，老朋友。

眞的很抱歉，你當我兄弟，我卻眞的是個膿包。

大風咒練到出神入化，在名山巔上尋幽訪勝，操縱雲氣變幻，豈不很好？

這就是郝一酉的人生。

最後九大獵命師裡，烏禪只說動了跟他有仇的任歸……還帶了一頭單手怪物。

幾個月前這兩大高手加一頭怪物跟隨忽必烈的戰艦去了東瀛扶桑，沒能回來。

意料中事。

一念及此，郝一酉還是嘆了一口氣。

可以認識烏禪這種天生挺拔的英雄人物，郝一酉，多多少少也覺得很高興。

或該說是榮幸吧？人就是這樣，即使是被拜託超過能力範圍的事，也覺得至少對方看得起自己，雖是拒絕，也很欣慰。

獨自坐在這黃山頂峰，少了那些遊蕩在半空中的火焰，不由得寂寞起來……

攤開獵命師的歷史，可以跟烏禪並肩齊名的勇者，毫無一人。

如果連烏禪都殺不了徐福，當今之世，無人能夠。

最後烏禪在地下皇城裡，努力走到了哪呢？

應該有碰見徐福吧？

碰見後，烏禪跟他過了幾招？又說了什麼話？不會什麼都不說就動手了吧！

臨死前，烏禪一定非常悔恨。

可到底烏禪傷到了徐福沒有？

一定有的吧？一定的吧！

罕見地，郝一西認眞祈禱。

至少在烏禪死前，一定有過讓徐福大吃一驚的招式，即使是命中一拳也好……

不，那怎麼夠呢？憑烏禪，那怎麼夠呢？只是一拳又怎能甘心？

至少也要將大火炎咒所有的招式都用過一遍才死，烏禪有那樣的本事！

是吧？

是吧！

窩囊的感覺又湧上心頭。

這次，鼻頭還有點酸酸的。

九大獵命師。

九大獵命師？

今九缺三，獵命師人才濟濟，很快就會補上。

其實話又說回來，這種「高手排行」真是可笑，不過是數字遊戲。

郝一西心想，不管自己怎麼認定自己的，別人還是會將他這種絕對不管事的「高手」算列進新的九大獵命師排行裡，根本不理睬他的武功只是一場玩風的把戲。

又說如果來個十大高手，說不定聽木咒的高手馬惜通也可以名列其中。十二也是個好數字，這樣一來斷金咒奇才裘三噐、跟一鼓作氣養了七隻貓的獵命鬼才駱將軍，都可以進榜同歡啊！

最後不如列個九百大獵命師好了，人人有份，豈不聲勢浩大？

今晚月色白得慘淡。

胡亂想著，力隨心動，不知不覺雲氣已翻滾如一個黑色大漩渦。

忽地，郝一酉的額上落出一顆冷汗。

心念一動。

「那是什麼？」

郝一酉顫顫巍巍站了起來。

在這險峻的雲氣之巔，隱隱約約，「那東西」模糊直上。

意識，從來沒有過這樣的空白。

「太……太強了。」郝一酉喃喃自語。

對不起，老朋友。

應該……要跟你一塊去的。

巨石定心

命格：集體格

存活：八百年

徵兆：不管四周發生什麼事，刮風地震大雷雨，只要你一出現，大家就覺得很安心……雖然風不會停、地震照震、大雷雨或許還越下越大。

特質：命格像一個無底黑洞，不斷吸收宿主周遭的恐懼能量，所以宿主通常要有非常程度的修行，才能驅動命格將眾人的恐懼封印起來。根據歷史文獻記載，宿主通常是得道高僧，或不世出的大賢者。

進化：萬國昇平

第399話

戰爭，無疑是屍體大豐收的季節。

屍體也有品級之分。

軍人的屍體要比尋常老百姓的屍體好用得多，肌肉強健、煞氣重又有血氣，操縱起來不管是耐用期限或攻擊力都更優異。

宋滅之前，好歹也拚命抵抗過蒙古好一陣子，死去的元兵與宋兵屍體滿坑滿谷，讓許多修煉鬼引術的獵命師大發利市，一口氣搜刮了許多好材料。

只是屍體很多，卻不是鈔票，你有多少本事一口氣使喚多少屍體，才是你能帶走的數量——也就是傳說中的「趕屍」。

通常鬼引術沒有十年功力，是沒辦法一人操縱十具以上屍體的，而一般獵命師操縱二十幾具屍體已經是心力的極限，一因咒力不足，再者陰陽有別——鬼引咒也是陰陽術的一種，修煉者的天生因緣很重要。

一出生就剋死了母親，陸征明有股天生的「鬼氣」，可以將他的意念聯繫陰陽兩界，而陸征明的性格又天生灰暗偏激，兩個特質都讓他成爲修煉鬼引咒的大行家。

許多獵命師言之鑿鑿，若不要偷懶使用「鬼引無想」，陸征明也能夠靠著意念一鼓作氣操縱一千個屍鬼。也有人說，其實陸征明是半人半屍，才有那樣的能耐。

南疆，一個不屬於任何國家的蠻荒之地。

潮濕、瘴氣、瘧蚊、毒蛇、盤根錯節的樹根、無預警的滂沱大雨、猛獸……白晝時一切無異，只不過是一個不適合人類文明的三不管地帶。到了夜晚，這個神秘的三不管地帶，更到處瀰漫著一股妖魅之氣。

黑暗的沼澤邊，一隊巡邏的屍兵正在追捕一頭負傷的大老虎。

「……」幾個屍兵圍住老虎，手持發著青光的長戟。

老虎驚恐又憤怒，牠嗅不到、搞不懂這些屍兵「究竟是什麼」，只知道這些看起來像人一樣的「東西」完全不怕牠的爪牙，不管牠怎麼撲、怎麼咬，這些發臭的東西就是無法被一刺擊倒……

屍兵面無表情地靠近，井然有序地，舉起長戟。

憤怒的百獸之王大吼一聲，在十幾支長戟戳下的瞬間做出牠最後的反擊。

幾個眨眼而已，百獸之王的屍體上就被兇器貫穿，不甘心地氣絕身亡。巨大的老虎屍體給屍兵們剛剛抬了起來，搖搖晃晃走向「根據地」，預備作成非常兇猛的「魔怪屍虎」。

這是陸征明最常用的「鬼引無想」屍咒，可以在固定的疆域裡操縱一定數量的屍體，命令屍體大軍做出簡單的動作，例如巡邏、追捕發出殺氣的猛獸、與入侵者戰鬥等等。

完全就是個妖氣沖天的鬼城。

第400話

「根據地」不過是一座廢棄古城的廣場。

陸征明一身狼狽站在廣場中央，忙著用紅線將一隻粗壯的斷手縫在一個明顯不屬於它的屍體上，陸征明的腳邊湯湯水水的，斷手斷腳斷頭、心肺臟器大腸小腸流了一地，臭得要命，只有蒼蠅還願意在附近飛來飛去。

他最近在研究「重新組合屍體」是否可行。

於是陸征明將許多孔武有力的戰將屍體小心翼翼切成多塊，盡量將神經系統與完整的肌肉群保留下來，重要的延髓跟大腦也擺放整齊，計畫用這些戰將彼此身上最強的部分拼拼湊湊成一個完整的「超強屍體」，最後一步，再施展鬼引咒，將屍體從無意識的陰間拉回陽世，做他媽的不人不鬼。

如果這是科學上的技術，勢必徒勞無功。

但在咒語的世界裡什麼都有可能——說到底，又不是眞正的復活、屍體也不可能擁有自己的思想，不過是藉著屍體生前殘留的力量化作一條又一條強壯的魔犬罷了。

許多獵命師都看不起修煉鬼引咒的獵命師，認爲是邪道。

這麼想也無可厚非。

操縱原本該入土爲安的屍體，這根本是一種對死者大不敬的咒術。

但會走上修煉鬼引術的獵命師，原本在性格上就帶著天生的扭曲，對這些批判不是完全不以爲意，或根本就大反其道、來個沾沾自喜。

「放火就不是邪道？弄水就不是邪道？盡管嘲諷吧，小心你死掉以後，我會把你的屍體好好炮製起來，當我腳下的狗。」陸征明總是冷笑。

眞是強而有力的冷笑。

嘴巴太賤、被陸征明作成極品屍體的獵命師，前前後後就有十幾個。

然後出言諷刺的獵命師，漸漸就少了。

「這次應該沒問題吧？我的手藝可是越來越熟練了。」陸征明欣慰地擦汗。

要是這次的實驗成功了，陸征明就可以朝著更奇怪的實驗邁進，例如將八隻猛將的手臂同時縫在一個軀體上，或是將兩套腦袋與脊髓同時嵌入一個軀體裡，這樣造出來的畸形怪物，醜歸醜，但理所當然會更加厲害吧？

陸征明每想到此，不禁微笑。

啪！

屍兵們將新鮮的老虎屍體摔在廣場邊上，倒在一頭鱷魚旁。

「滾。」陸征明頭也不抬，只是繼續縫他的斷手。

屍兵們拔出插在老虎屍身上的長戟，發出唧唧啾啾的聲音。

陸征明這才忍不住看了可憐的老虎屍體一眼，罵道：「那些屍兵……沒有我親自在場操縱就是一個勁地蠢，沒看好亂七八糟就插進去，萬一傷了重要的肌肉怎麼辦？」

屍兵轉身離去，搖搖晃晃，搖搖晃晃……

陸征明遠遠看了那老虎一眼。

魔怪屍虎？

算了，那種東西玩過就玩過了。如果長戟沒有戳爛主要的肌肉群，等一下就將那頭老虎的肌肉連著皮、塞一點到這個拼湊戰士的身上吧，體質上壯一點，披著虎皮，看上去也威猛一些。

說到異種拼湊……

「據說」那頭毛冉竟然獨自從扶桑逃了回來，還到處胡說八道。真的假的啊？不可能是眞的吧？血族的皇城豈能讓毛冉來來去去？

聚集一堆食左手族的南蠻占城，就緊鄰著這片南疆鬼城，長久以來陸征明就很覬覦食左手族強大的肉體，他佔據這座古城練屍兵，其實是想發動一場捕獲食左手族的侵略戰爭，然後豢養一群食左手族的屍兵、並將食左手族的屍體加以融合進人類的屍體裡。

如果毛冉眞的活著回來了，那事情就棘手了。

毛冉很厲害，厲害到能夠不卑不亢地與烏禪那討厭鬼並肩作戰。

要打垮有毛冉在的食左手族，一想就令人頭痛，只希望傳言非屬實。

「不過，怪了。」

陸征明縫著屍體的手，忽地停了下來。

現在都已經什麼時候了，丑時將過……快到寅時的交替吧。

要是在平時，那些自動巡邏的屍兵應該會扛了好幾條猛獸的屍體回來才對，若碰巧沒有遇到倒楣的毒蛇猛獸，按照陸征明所施下的咒，幾十隊的屍兵也會輪流繞回古城廣場、再繞出去繼續巡邏才對。

可是今晚，那些屍兵巡邏隊就只回來過……兩隊人馬？

像平日一樣浸淫在奇怪的研究裡，陸征明到現在才察覺到不正常的現象。

「……」陸征明閉上眼睛。

手指飛快掐算，用鬼引咒感應屈服於他鬼引咒之下的一萬屍兵。

除了躺在古城隧道裡休息的六千屍兵外，其餘駐守在外的四千屍兵……

東側。

原本應該有八百巡邏屍兵在東側的，但現在一點感應也沒有，全都斷了線。

如果屍兵是受到攻擊全軍覆沒的話，就在戰鬥發生的那一瞬間，陸征明就會間接感應到敵人才對。

沒道理，八百巡邏屍兵無聲無息就被幹掉了。

陸征明陰沉地看著東面。

那個方向，完全沒有異樣，絲毫沒有帶著敵意的氣息。

這眞是……

陸征明很快用沾滿屍屑與血水的雙手結了手印，鬼氣迸發。

「太可疑了。」

「穢土擒屍——八大家將！」

臭氣滾滾，八個污濁的黑影從古城廣場旁通道慢慢走了出來。

八個黑影的額頭上，都寫著陸征明獨門的血字咒約。

第一個，是南宋死守襄陽城的大將，生前殺敵無數，死後也是鬼神通殺。

第二個，是滿臉刀疤的蒙古前鋒，生前擔任陷陣第一人，破城無數。

第三個，是曾經享譽天下、最後卻戰死在襄陽城上的南宋大俠。

第四個，則是一名比兩個人還高的巨人盜賊，老虎曾經是他的食物。

還有四個……

嘴賤眞的是一件很不便宜的事。

四個不幸死得比陸征明還早的獵命師，目光呆滯地站著聽候命令。

這八大家將，是陸征明的得意作品。

恐怖兇殘，不懂畏懼。

陸征明咬破手指，血色濺月。

「我們去東邊看看吧……說不定你們很快就有新夥伴了。」

第401話

獵命師從來不是一個意志集中的團體，只不過大家都是缺乏先天命運的異族，都擁有能夠「承受」各種咒術能量的體質罷了。

共同的無命運，共同的無未來。

如果要說獵命師之間有任何唯命是從的事，也僅僅有二。

一，不要違逆大長老白線兒的命令，因為這是對先祖姜公的尊重。

二，看到血族就宰……這是對姜公的義氣。

至於各自要挺何方霸主、各自要支持哪一股勢力，都聽憑獵命師自己，所以獵命師之間打的架多，結的仇也深，每個朝代的背後都有獵命師隱隱操縱著國家的氣運，每個超強將領的背後都有獵命師的支持——每當朝代更替之時，獵命師的身影就更明顯了。

南宋已亡，卻還有一群不肯接受這事實的獵命師挺身而出。

他們守護著一支由南宋殘兵集結而成的游擊軍，在各處山區裡休養生息，打算慢慢招募被元人欺壓的漢人成軍，加以訓練，總有一天把天下打回來。

而其中一批躲在臨別谷偷偷招兵買馬的南宋游擊軍，陪伴他們的獵命師們，似乎沒有蒐集到關於「好運」的命格——

月黑風高，溷濁的疾風攪動著天空。

滿地突如其來的烈火，燒得數百人的馬匹陣式大亂。

「抱歉，到此爲止了。」

高力站在大火裡，一隻白色靈貓坐在他寬平的肩膀上。

「高力！你是漢人，幹什麼替蒙古人賣命！」一個獵命師立著馬大叫。

「賣命？說得好，我很樂意賣他們一些可以稱霸天下的命。」高力笑笑，撫摸著肩膀上的靈貓：「倒是你們這些自以爲是漢人的笨蛋，才是看不開天地間眞正大道的大笨蛋。南宋出了這麼多爛到令人作嘔的昏君，打了這麼多年的爛仗、死了這麼多老百姓，早該亡國了，蒙古也很差勁，可比起南宋那些昏君奸臣，好太多啦！」

「說不通是不是！」一個年輕的獵命師怒火中燒。

「看在你們同樣是獵命師的份上，滾一邊去，我可以饒你們不死。」

「高力！你這蒙古狗！」

「想死就直接出手吧，幹嘛這樣罵人呢？」高力冷笑。

南宋殘兵們面面相覷，剛剛突如其來的超級大火已經嚇傻了大家。

幾個年輕的獵命師騎著馬，悍然擋在高力前面。

看樣子這場架，打是打定了，只是非常不甘心啊！

「高力，就算你是九大獵命師之一，一口氣對上我們幾個，也不會有勝算！」從語氣聽來似乎是這些人領袖的獵命師，大叫：「大家佈陣，全力掩護游擊軍撤離！」

「是嗎？真教人傷心的結論。」高力臉孔變得嚴肅，手裡拿著一團忽大忽小的青色火焰，說：「別說我沒給你們機會，無限火雨一用，連你們也會陪葬！」

命格早就裝備完畢，眾獵命師策馬衝出。

「斷金咒——千手觀音斬！」

「聽木咒——土吞土吞土吞！」

「就用這個命格取你的性命吧！人鬼！」

「火炎咒！百破火炎掌！」

「大風大風大風——千梭掌！」

「哈哈！高力去死吧！看我的命格——玉石俱焚！」

眞是不得了的圍攻啊。

不過你們眞是幸運，其實今天老子不打算要你們的命。

睜大眼睛吧，用你們的痛苦來體驗一下吧，刻骨銘心地倒下後，別忘了到處跟其他的獵命師說，當今之世，火炎咒的眞正第一行家是誰！

現在就讓你們見識見識，就連烏家也模仿不來的——

高力左右雙手各托了一個巨大的火球。

火球越來越大，越來越大，越大越高。

「別怕！衝過去！」

「膽怯就輸了！就是要死也要拉著高力！」

「絕對不想輸給蒙古狗！」

愚蠢的忠誠眞教人敬佩啊，高力噴噴……

在命格「獅子的驕傲」催化下，兩顆高高懸空的大火球瞬間又大了十倍。

就像兩個太陽，巨大的能量燒得大地噴出黑煙，強光令眾獵命師幾乎睜不開眼。

「無、限、火——」

正當高力要將兩團太陽般的大火球，裂解成無數飛蝗般的火球，射向那些來勢洶洶的獵命師們之際……高力的背脊竟硬生生滲出了冷汗。

不。

所有剛剛聲稱不怕死的獵命師，在馬背上全都滲出了冷汗。

三百多個預備趁亂快馬逃走的南宋殘兵一齊呆住，不約而同抬起頭來。

一個南宋小兵脫口說出所有人的直覺。

「今天，會死在這吧？」

第402話

人的惡，可以有多巨大？

這個答案，廟老頭打算花一輩子去了解。

不管惡的大小，每天都要做一件壞事，是廟老頭的人生之道。

「大娘，我問妳……這世上有沒有天理？」

廟老頭踩著一個胖女人的身軀，而胖女人的眼睛正瞪著丈夫的屍體。

不久前，她那好心在路邊擺攤奉茶給路過旅人的丈夫，竟被這個老頭子不問理由地殺了……這老頭子一句話也沒多說，除了她的丈夫，其他正在喝茶的兩個旅人也給他一人一掌給斃了。

「有天理！你一定會得到報應的！」胖女人淒厲地大哭。

報應？

廟老頭嗤之以鼻地看著天。

「呸！如果這個世界眞有天理，我早就該死了。」廟老頭倒是不厭其煩地解釋給被他踩在腳下的胖女人聽：「說穿了，什麼氣運？什麼天道？屁！不過是命格。就算是十惡不赦的壞蛋，拿到了好運氣的命格，就算姦淫擄掠一百年也不會出事，操，所以我幹盡壞事，到現在還是好得很！」

「你會有報應！你會不得好死！你一定會死得很慘！」胖女人哭吼。

「我有個朋友……不，不算朋友，他是個自以爲正義的笨蛋，他啊，爲了解救跟他其實毫無關係的人，千里迢迢跑去扶桑去殺一個壞透了的大混蛋。結果呢？死啦！哈哈哈哈！他做好事？死啦！沒機會繼續做好事了啊！我幹壞事，幹到今天還在幹啊！如果眞有天理，爲什麼不讓我們的下場換一換啊？有了命格，這個世上根本就沒有老天爺插手的份啊！要是老天爺覺得應該讓大家知道他有在做事，爲什麼不來阻止我啊？我呸！」

解釋完，腳也拿起來了。

「……」胖女人呆呆地看著廟老頭。

「看什麼看？」廟老頭嫌惡地轉過頭，罵道：「別以爲我說姦淫擄掠，就一定要姦妳！操他娘的，也不看看妳是什麼德性，眼巴巴要老子姦妳？呸！」

就這麼走了。

胖女人不敢置信地看著越走越遠的廟老頭。

怎麼可能？那個殺人如麻的喪神……竟然輕易饒過了自己？

呸。

廟老頭可不打算殺掉那可憐剛死丈夫的胖女人。

比起來，讓她那種再嫁也嫁不出去的女人苟活下去，好像還更惡毒一些吧？

面對無力抵抗的尋常百姓，隨手就幹得了壞事，不需要用到什麼咒術，廟老頭也不會覺得無趣。

畢竟幹壞事就是幹壞事，爲什麼一定要用到自己擅長的化蟲咒幹壞事才過癮呢？搞強姦的時候，難道也要用化蟲咒嗎？不可能嘛！

「總之，幹壞事眞是太開心啦！」

午時才剛過，就幹光了今天的份，實在太愉快了。

等一下若還遇到長得一臉衰相的人，就多多益惡吧？

不過在那之前，不妨趁著天氣清爽先睡個大覺。找了個依傍著小山谷的河流坐下，廟老頭吃著剛剛捉到的甲蟲與蜻蜓，飽餐一頓後便躺了下來，吹吹口哨。

一直跟在後頭的靈貓飛快奔來，親暱地撲向廟老頭。

「葫蘆，乖。」

廟老頭拍拍牠，摸出藏在牠身上的「絕妙的惡靈」放進自己的身體裡。

自從在二十年前得到了這個命格，廟老頭就將用了很久的「大幸運星」封印起來、棄之不用，專心地培養修煉「絕妙的惡靈」，行事也就更加邪惡更加快樂。

這個命格，不知道爲廟老頭躲避掉多少次獵命師的圍捕、烏禪的鐵槍追殺。說它是惡人的護身符也不足爲過。

「你自個兒去玩罷，別走得太遠啊！」

靈貓葫蘆喵喵跳走，自己覓食去了。

廟老頭大字形躺在草地上，愉快地睡起午覺。

睡飽的時候，已是滿天星斗。

廟老頭摸著空空如也的肚子，唉，睡過頭了，顯然錯過了多做壞事的機會……

吹吹口哨。

又吹吹口哨。

「葫蘆！」廟老頭大聲喊道：「別貪玩了！」

沒有動靜。

也沒有葫蘆的氣味。

「葫蘆！」廟老頭用內力將聲音送得更遠。

等了片刻，還是不見葫蘆的身影。

有古怪，葫蘆受過嚴格的訓練，從沒有離自己十丈之遠過，更不曾聽到喚聲後還不快快衝來啊。可能出事嗎？一般的野獸可是傷不了機靈的葫蘆……

警覺起來的廟老頭，一翻身，迅雷不及掩耳地躍上天空。

半空中，廟老頭獰笑著。

……幸好在睡覺前就將「絕妙的惡靈」鎖進自己的身體，不管是哪個自以爲是的傢伙找上門來，都要領受他「蜘蛛舞」的惡毒手段。

「化蟲——天羅地網！」

幾百隻被養在廟老頭體內的咒化蜘蛛從空而落。天女散花般，銀白色的絲線綿延秘密射向四面八方，蜘蛛輕輕巧巧落在牠們聯合吐絲織成的巨網上時，毛茸茸的身軀已大到像人類的小孩。

而蜘蛛網可不只一張，而是橫七豎八地攪和在河邊與山谷上，成爲好幾十張錯綜複雜的網面——絕對不想遭到暗算的廟老頭，可是刻意找了個適合自己戰鬥的地方睡覺！

昏暗的月光下，幾百隻人一樣大的蜘蛛爬來爬去，尋找著敵人。

廟老頭站在其中一面蜘蛛網上，俯瞰著四面八方，尋找著可疑的敵人影子。

浮雲漲滿了半弧天空，今晚的月光有些混濁，朦朧著青光。

載著模糊月色的河面，多了一點礙眼的蚊蠅。

草地沾滿夜露，點點發光。蟲鳴唧唧藏匿其中。

寒氣越來越重。

重得剛剛才織出來的蜘蛛絲線，都沾了點銀色的露水。

後面？

彷彿承受了極凝重的壓力，廟老頭只能慢慢轉過頭。

「烏禪，你到底……做了什麼？」

絕妙的惡靈

命格：機率格

存活：四百年

徵兆：宿主最常聽到的話，莫過於：「你這個沒人性的傢伙，一定會得到報應的！」跟：「我發誓，做鬼也不會放過你的！」可見宿主的行事作風，相當不拘泥於世間的道德標準。

特質：幹越多壞事，就能累積繼續幹壞事的成功機率，吃食宿主犯罪後的得意洋洋。命格與宿主乃是共犯關係，所以有很可怕的副作用——如果宿主停止幹壞事的話，命格就會將以前帶給宿主的幸運一口氣要了回去，讓宿主知道改過自新要付出很慘痛的代價。當然了，這對獵命師來說根本不算什麼，不用的話扔掉就是了。

進化：惡魔的呢喃

〈續・壓倒性的驚異狂屠〉之章

第403話

苦無如橫射的雨。

危機時刻，每個人的個性在一瞬間展露無疑。

漢彌頓第一時間擋在宮澤面前，精準擊落所有來襲的苦無，眼睛全程盯著幻身飛奔的服部半藏，伺機而動。

佩提無懼漫天紛飛的苦無，眼睛眨也不眨，閃電衝向漫天幻影中的一處，將不斷四處飛奔的服部半藏硬生生攔了下來，兩人快速交擊。

黑天使一動也不動，全身黑氣暴漲，撲向他的苦無全都被彈開。

至於撲向辛辛納屈的十幾枚苦無，就由經驗豐富的尤恩用鐵棍擋了下來。只是尤恩故意露出肩膀一處，讓一枚苦無穿過他嚴密的短棍防禦網，釘在他的肩膀上。

尤恩拔下肩上的暗器苦無，一用力，鮮血迸出。

「……」這算是尤恩故意捱了這麼一下。

遭遇過種種狀況的身體將傷口的感受傳達給尤恩，服部半藏擲出的苦無上面塗著一種叫亞麻甜多叢的高效神經毒，非致命，但作用是麻痺肌肉，能在三十秒內有效遲緩受傷者的速度。

只是，對身經百戰的這些獵人來說，這種等級的神經毒只是搔癢。

撇開刀刃上的毒不說，這些苦無被擲出的力道還眞是驚人，若砍中了約一個手臂粗的路燈燈柱，說不定會整個清脆地切掉……幸好尤恩身上穿的強化肌肉纖維特別堅韌、且身經百戰的身體異常結實。

「眞不了起，看樣子今天是不可能輕鬆取勝了。」

服部半藏笑笑，從佩提的攔擊中輕輕躍了出來。

行動大膽的佩提也不再追擊，眼角餘光檢視大家的狀況。

除了尤恩以外，每個人都完好無恙。

「雖然暫時搞不懂你是怎麼殺了查特跟威金斯的，不過，從你現身那一刻開始，你身爲忍者的優勢就消失了。」佩提甩著手中的短刀，剛剛一連串兵器交擊的觸感卻一點也沒有殘留在手上。

服部半藏短兵相接時的腕力，怎麼和他射出苦無時的力道差那麼多？

「還輪得到小子你說教嗎？」尤恩用唯一的右眼凝視著服部半藏，握住鐵棍的雙手稍稍放鬆了力道：「不過樂眠七棺的狠角色，凌駕在東京十一豺之上，大家要小心對付。」

黑天使自始至終沒有出手的意思，只是對峙。

他在觀察敵人，像一條逐漸擴張身體的眼鏡蛇。

「眞了不起，光氣勢就教我不寒而慄呢。」服部半藏讚嘆地看著黑天使。

「……」黑天使沉默不語。

「你身上散發出濃烈的血族氣味，成爲嗜獵者已經超過一百年了吧？」服部半藏點點頭，像是頗爲可惜：「要邀請你重新加入我們的陣營，好像有點不大可能吧？」

「下地獄吧。」黑天使的身上，暴突起密密麻麻、刺蝟般的攻擊性鐵甲。

哇！服部半藏差點要鼓掌。

這身活動自如的刺蝟裝備是最佳的衝鋒殺人裝，上個月黑天使單槍匹馬衝向波蘭吸血鬼的地下幫會，那種玉石俱焚的攻擊姿態、那種斷首殘肢齊飛的光景，完全就是超級大暴力。

被眾獵人包圍在中心的服部半藏，轉頭看向漢彌頓。

「那麼你呢？聲勢如日中天的獵人漢彌頓？如果你想要臨陣倒戈，我們血族必定張開雙手歡迎囉！」服部半藏堆滿笑容，語氣誠懇。

「我會認真考慮的。」漢彌頓面無表情，手裡拿著改造過的長刀。

服部半藏點點頭，笑說：「即使言不由衷，這句話亦將免你一死。」

「或許一打一幹不過你，但我們可不是輕易放棄四打一機會的英雄主義者。」佩提慢慢上前一步，短刀上映著服部半藏的笑臉。

「嗯嗯，扣掉那兩個不濟事的斯文人，實際上是四打一嗎？」

服部半藏點點頭，往左邊緩緩站了一步。

服部半藏的背後多出一個服部半藏。

那個多出來的服部半藏往右邊挪了一步，身後立即又多出一個服部半藏。

這三個服部半藏同時往前踏一步，像是變魔術，三個服部半藏其實還黏在原來的位置，往前踏出的又是新的三個服部半藏。

六個。

「這樣就是六打四了。」六個服部半藏異口同聲。

手腕一翻，忍者暗殺用的危險短刀抓在六雙手裡，寒芒畢現。

佩提注意到，這六個服部半藏的腳底下都有影子，也許不只是幻術這麼簡單。

「……」服部半藏笑笑：「歡迎光臨忍術的世界。」

第404話

漢彌頓瞇起眼，腎上腺以平常百倍的速度催湧而出。

「上！」大喝一聲，漢彌頓的頭髮豎了起來。

像是呼應漢彌頓的巨吼，六個服部半藏同時向外躍出。

四個超頂級的獵人也瞬間使出拿手絕活招架。

老經驗的尤恩原地不動，讓服部半藏自己衝到面前，這才一個簡潔俐落的迴身，一棍擊在服部半藏的頸子上。服部半藏頓時爆碎成一堆黑沙。

刺蝟般的黑天使一拳砸在服部半藏的胸口，還不夠，身形繼續往前猛衝，又瞬間將第二個服部半藏的頭打爆——這兩個顯然不是服部半藏的眞身，登時碎裂爲黑沙。

漢彌頓以一打二，根本看不清楚他的招式，兩個服部半藏在半空中直接被斬成兩半，化爲黑沙跌落地面。

迎戰服部半藏眞身的，顯然是年輕氣盛的佩提？

「喝啊！」佩提一腳踢在服部半藏的手腕上，擋住刺擊瞬間，佩提果斷地脫手射出短刀，命中了服部半藏的咽喉。

服部半藏握住咽喉上的短刀，怔了一下，身形碎裂成沒有形體的黑沙。

這六個服部半藏都只是虛弱的幌子，那麼，真正的服部半藏到底在……

「在這裡。」

眾獵人圍殺圈外的陰暗裡，服部半藏慢慢拔出插在辛辛納屈頭頂的刀。

唧——

手無縛雞之力的辛辛納屈抱著頭，眼睛上吊，混著腦漿的鮮血像噴泉一樣往上衝，搖頭晃腦地跪在地上，肯定是活不成了。

一代靠頭腦吃飯的鬼才，死的方式竟是腦殘。

「……」就連身經百戰的尤恩也不禁打了個寒顫。

剛剛一眨眼的六打四，誰也沒看見被漏算的「服部半藏真身」是怎麼突然再度分身，鑽出殺陣的。

還是，服部半藏的真身，一開始就不是隱藏在那六個忍術分身之中呢？

謎題不解開，是不可能贏得了這場戰鬥的。

「所以，下一個是我了嗎？」宮澤淡淡地說，心臟卻跳得厲害。

「忍者嘛，心思怎麼可以輕易被你們猜中？」服部半藏微笑，手指在空中快速寫著咒字：「不過就是用這一身老骨頭全力以赴囉，畢竟這裡是我徒子徒孫睡覺的地方，如果不將你們統統打倒，那可就……」

話還沒說完，寫咒的手指愕然停止，服部半藏左腳用力一蹬地！

四周地面爆破。

「小心！」漢彌頓大叫，搶身護在宮澤面前。

無數黑影從爆破的地底下迸出，竟是成千上萬隻蝙蝠。

是幻術嗎？還是……

眾人被這蝙蝠大軍一晃，眨眼間服部半藏又不知所蹤。

「統統去死吧！」佩提雙手兵刃狂舞，殺翻了一堆不知死活的蝙蝠。

但佩提的眼睛卻冷靜地搜尋服部半藏的身影，他知道這些根本傷不了高手的蝙蝠只是障眼法，方便服部半藏偷襲大家之用。此時除了砍蝙蝠，被稱作天才獵人的他完全沒有一點應變的計策。

「受夠了你的小把戲！出來跟我決一死戰！」

黑天使毫不畏懼，用驚人的3D跳躍能力上下左右蹦跳，超暴力地尋找服部半藏的蹤影，所經之處蝙蝠屍骸紛紛被掃落。

蝙蝠大軍振翅如雷，鋪天蓋地猶如一道又一道黑色的龍捲風，依照漢彌頓的判斷，這些夜行者不是幻影，而是被忍術召喚出來的生物軍隊。

宮澤雙手抱著臉躲在漢彌頓背後，深怕蝙蝠會啄瞎自己的眼睛。

「別靠著牆！縮小腳步，我們背靠背！」

漢彌頓雙手以機關槍都辦不到速度殺死來襲的蝙蝠。

不肯好好戰鬥的人眞是敵人裡最討厭的類型了，漢彌頓心想。

唯一看清楚服部半藏眞正位置的，就是尤恩了。

第405話

剛剛那些從地底暴衝出來的蝙蝠，盡數消失了。

尤恩感到非常非常不對勁，除了服部半藏，四周沒有任何人。

漢彌頓、佩提、黑天使與宮澤，都不見了，就連剛剛被殺死的幾個夥伴屍首，也都不在這裡。可這裡……這個空間，還是冰存十庫現場。

表面上是如此，但又絕對不是。

「這裡是什麼地方？」尤恩擺出數十年如一的戰鬥姿態。

服部半藏繞著戒慎恐懼的尤恩踏步，慢慢說：「回答你也無妨，這是忍術壓縮成的特殊結界『零時闇殺』，時間的運轉是外面的百分之七，即使如此，我們的時間也不多了，我得儘快在這裡殺死你才行。」

「這就是自古以來，暗殺忍術的秘密吧？」尤恩好像有點明白了。

威金斯、啞巴查特，恐怕就是這樣被「偷偷做掉」的吧？

「可以這麼說。你們都是一流高手，四打一對我來說實在是太吃力了，我說忍者不是烈士，反正又不趕時間，用最保險的辦法逐一擊破才是上策。」

「……」

服部半藏微笑，直截了當地展示手上的短刀：「不過你可以放心，在這個特殊空間裡，我的忍術一律沒辦法施展，只能用最簡單的方法把你幹掉，但相反地，你的本事統統都可以拿出來囉！」

尤恩點點頭。

雖然年輕時曾在世界獵人榜中排名第一，但他並不是個特別自負的戰士，如今肉體衰老，遠遠沒有過去的身手矯健，他知道即使服部半藏宣稱不能使用忍術，自己還是凶多吉少。

服部半藏之爲血族首席忍者，不可能只會用忍術耍耍障眼法虛晃一招。

不過心中的疑問還是得解開。

尤恩又問：「我是怎麼進來的，總不會是強制的法術吧？」

「很遺憾，只要讓我眞實的影子給削中了一小塊，就能請你走這一遭。」

「如果你在這裡被我殺死了呢？」

「這個答案正好可以回答你。我之所以能會這一咒，正好是一個敵國的忍者想藉此暗殺我，沒想到卻在咒界裡被我殺了，從那一刻起，我就自然而然繼承了他這一招的能力。所以，要是你能殺了我，恭喜囉，這一招從此就是你的了。」

服部半藏停止腳步，像是宣告死鬥即將展開。

尤恩點點頭，全身散發出猛烈的鬥氣。

「不敢奢想。但我就在死之前，爲同伴砍你幾刀吧！」

尤恩的獨眼閃爍著最後的光芒，鐵棍微微晃動著。

第406話

吵死了。

蝙蝠龍捲風依舊，漢彌頓與佩提將無法自保的宮澤圍在中心。

找不到服部半藏，一心要戰的黑天使無從宣洩心中怒氣，大爆發式地大殺四方，蝙蝠屍體少說也有兩三百隻摔在地上。

只是，尤恩呢？

漢彌頓跟佩提同時意識到尤恩消失的時候，尤恩到底是死是活，這答案也完全不重要了。

「尤恩剛剛不是還在嗎？」抱著頭、躲在兩人之間的宮澤也察覺到了。

在完全摸不著頭緒下，同伴接二連三消失、死去，這種作戰太不利了。在潛入東京之前，爲首的漢彌頓曾經推演過各種與血族的遭遇戰，但不管在想像中，戰鬥有多激烈多悲慘，就是沒料到服部半藏這種鬼鬼祟祟的打法。

這種無法正面交鋒的「無戰鬥」，對視死如歸的特遣隊來說正是致命傷。

黑天使的戰鬥力強盛，但他基本上已經著魔了，如果服部半藏有任何的計策、任何陷阱，現在的黑天使都非掉進去不可。

佩提是非常優秀的新人，但對他來說，成爲獵人是一種將自身能力大幅擴大的自我實現，而非使命感。缺乏精神面的要素，佩提面對現在的絕境，恐懼感正壓倒性地支配了他。

就連素有氣魄的漢彌頓，也感到此行全軍覆沒的機率……是百分之百。

「就差一點點，我們就能引爆核彈了，可惡！」佩提咬著牙，砍著蝙蝠。

「出來！出來！」黑天使不斷爆氣，光是殺氣就震昏了不少蝙蝠。

突然，一件物事以極高速衝開狂亂的蝙蝠陣，撲向漢彌頓。

漢彌頓一刀將不明物事砍成兩半的瞬間，才發現這觸感……

「是手。」

漢彌頓看著被自己劈斷的「手」朝兩旁震了出去，心中一凜。

同時一隻血淋淋的物事從下方高速旋轉衝向佩提，佩提奮力一踏，定住。

「去他的……」佩提瞧清楚了，是被活生生拆下來的一條腿。

慢慢地，一顆血淋淋的腦袋不知從哪出現、骨碌碌滾到了宮澤腳邊。

可以想見，是雙眼都被挖出的尤恩。

「！」宮澤怔了一下，漢彌頓與佩提也倒抽一口涼氣。

此時黑天使憤怒的咆哮聲也停止了。

無影無蹤，就在兩個獵人被尤恩的頭顱給吸引住的一瞬間，黑天使也中了招。

消失了。

太詭異了，就算服部半藏再強，要解決黑天使這種足以跟東京十一豺對峙的超強嗜獵者，也無法施予秒殺吧？霸道的黑天使究竟被動了什麼手腳？

「承認吧。」宮澤這麼說。

是啊，承認吧。

不可能贏了——漢彌頓瞬間做出了決定。

漢彌頓拉開兩顆手榴彈，投向蝙蝠聚集的上空。

「撤！用最快的速度離開這裡！」

殊途同歸

命格：集體格

存活：三百年

徵兆：通常發生在雙胞胎身上，哥哥跌倒，弟弟也會感到膝蓋一陣莫名的疼痛，若非心電感應，就是命格作祟。此為雙生命格，有時也會有多重生成的命格發生，也就是不限定為兩人，而是一群人共享同一種命運。

特質：在一定的距離內，此雙生命格會發生感應，此傷之，彼傷之，此樂之，比樂之。禍福同享，休戚與共。一生百活，一死百亡。

進化：命運共同體（不限距離）

第407話

肉眼無法觸及的海那頭，夜空被火焰炙成了半邊紅。

海這頭，卻無法以歡欣鼓舞的氣氛迎接英雄。

浩浩蕩蕩，四十八架F22猛禽戰鬥機從這片飄揚著星條旗的海上離開。

原本的戰果應該是將東京灣上自衛隊的輕型航母群徹底癱瘓，沒想到結局大大相反。回到美國航空母艦的，只有孤孤單單一架戰鬥機。

「……」皮克艦長在指揮塔上，看著燃油幾乎耗罄的F22降落在甲板上。

沒想到，竟然還有人能夠生還，想必Z組織情報中血族的「萬鬼之鬼」幻殺系統，也不是牢不可破嘛。

皮克艦長捻熄手中的雪茄。

剛剛第七艦隊的艦長群正透過視訊開會討論，這份從白宮直令下達的報復性突襲的電訊，究竟是出自何人？白宮方面接到艦隊的任務失敗回報，大感震驚，表示根本沒有下令艦隊突襲東京。

這下可好，突擊失敗，戰爭成為唯一的選項，還折損第七艦隊的空軍主力。

當時皮克艦長是這麼說的：「或許是日本血族侵入了我們的軍事電訊系統，趁著我方總統遭到暗殺，情勢緊張到最極點的時候，刻意給了艦隊假命令。而他們早就準備好反制之道，一舉癱瘓我們的F22戰鬥機群……而他們也的確做到了。」

「環環相扣，聽起來好像都能成立，但真能做到這種地步嗎？」

官階最高的總指揮官安分尼上將睏倦的聲音，彷彿比十天前整整老了十歲。

「等到雷力那孩子飛回來，再詳細問問他究竟發生了什麼事吧。在那之前，我們得將軍事頻道的密碼全部更新才是。」拉茲威爾上將結論：「從現在起，關於作戰的命令都要再三確認。」

沒有真正的結論，只有無法追討的真相。

□

跑道上充滿橡皮摩擦的燒焦味，駕駛艙慢慢打開。

「對不起。」

雷力摘下頭罩，頭髮全濕，好像淋了一場大雨。

一下飛機，雷力就被等待已久的指揮員前呼後擁進司令室。

幾個海空軍長官用很複雜的心情，看著歷劫歸來的雷力。

即使現在面無表情，雷力的臉上仍有崩潰痛哭過的淚痕。

是的，沒有人比這個「唯一生還者」更了解，失去生死與共的夥伴有多痛苦。

但海軍該弄明白的還是得立刻弄明白，否則後面付出的代價更大。

「到底，怎麼會全軍覆沒的？」飛行中將沉痛地問。

「……」雷力不發一語，眼裡重播著剛剛兩場只有自己參與的空戰。

「回答啊！怎麼會搞成這個樣子，你們的通訊紀錄一片亂七八糟，敵人眞能是飛龍嗎？爲什麼還沒到東京，就一口氣掉了四十七架猛禽？雷達上面明明沒有出現敵機啊！」

「爲什麼所有人都亂七八糟開火了？爲什麼不聽命飛回來！」

「敵機是不是用了最新的雷達隱跡技術？以你的距離應該看得很清楚吧？」

「爲什麼除了你之外，所有人的飛彈都沒有射出的紀錄？」

一連串根本連雷力也無法理解的問題排山倒海而來，他只是表情淡漠地聽著。

面對這些焦躁憤怒的長官，雷力的腦中盤算著一件事。

他開口，打斷了質詢：「請允許我把油添滿，天一亮，我再去殺他一次。」

此話一出，所有長官都愣住了。

飛行中將拍桌：「你究竟懂不懂狀況？敵人擁有我們不明白的力量！」

雷力的眼睛彷彿還看著邪惡的東京，說：「我不懂，也不明白同伴到底看見了什麼，也不知道敵人用了什麼秘密武器，我只知道那些東西對我完全沒有影響。我能戰鬥，一個小時後也還能繼續戰鬥下去，我有自信沒有人可以在天空威脅得了我！」

根據衛星截取的情報，雷力的確以區區一架戰鬥機的極劣勢，大殺自衛隊空軍共三十六架F16。彷彿眞是老鷹對上雀鳥，單方面的大屠殺似的。

這種戰果，已經不是篤信科技的美國人所能理解。

「罷了，你先休息吧，我們會根據戰鬥機上的電子紀錄分析出一切。」飛行中將嘆口氣，看著這個可憐失去所有夥伴的孩子。

「長官，我眞的可以……」雷力急切地說。

「孩子，你累了，但幹得眞不錯。」皮克艦長拍拍雷力的肩膀，說：「現在，天空就先交給我們，嗯？」

此時，席間來自Z組織的戰略顧問尼爾說道：「請恕我直言，從今晚F22戰鬥機群的異常表現來看，這很明顯是血族中擅長施放幻覺攻擊的戰術。」

「施放幻覺？」皮克艦長皺眉。

「你是指，白氏的幻覺攻擊？」一位老將官瞇起眼，這傳聞他依稀聽過。

「是，東瀛血族中的白氏貴族一向擅長操控人類的腦波，在一定範圍內施放致命性的幻覺，但在過去的紀錄裡從沒有空軍遭到這種幻術的攻擊。一來距離太遠，二來飛機速度很快，不容易掌握，所以二次大戰末期，盟軍的轟炸機才能在東京上空投下成千上萬的炸彈。」尼爾說道。

「現在顯然有了變化。」皮克艦長。

「沒錯。」Z組織的戰略顧問尼爾嚴肅地說：「很可能，長久以來血族終於研發出遠距離操作幻覺攻擊的能力，如果我們貿然再派遣軍隊過去，可以想見，我軍還會遭到同樣的覆敗……這也是血族想要警告我們不要輕舉妄動的訊號。」

「可是我什麼都沒有看到。」雷力堅決地說。

「也許是你的體質特異，也許是你的腦波先天與常人不同，也許你沒有受到幻覺影響純粹是奇蹟。我建議你立刻接受我們Z組織安排的腦波檢測，希望從你的腦中發掘阻絕血族幻覺攻擊的方法。」Z組織的戰略顧問尼爾猜測。

「與其這樣，不如讓我睡飽一覺，直接再飛東京一趟。」雷力面紅耳赤。

「雷力！」親手將雷力帶入天空世界的飛行中將厲聲說道：「你想帶著新的弟兄出擊，然後眼睜睜看著他們在你面前一架架墜落嗎！」

雷力緊緊握拳，低頭。

「現在你最重要的任務，就是協助我們解開血族幻覺攻擊的秘密。」Z組織的戰略顧問說道：「請你務必配合，也許往後戰爭的關鍵就在你的身上。」

就這樣，滿腔悔恨的雷力被帶離指揮塔。

很快雷力就會知道，要戰勝血族，他是不可或缺的關鍵。

而驚天霹靂的總攻擊，也進入了倒數計時的階段。

更遠方，歐洲聯盟的軍隊，正以最快的速度集結起來……

聲聲誓誓

命格：情緒格

存活：七百年

徵兆：宿主看著經過的蒼蠅，暗暗對自己說：「如果我可以一次就捉住你，我就可以跟林志玲吃一頓飯！」然後真的一把就抓住蒼蠅的話，林志玲就真的會跟自己吃到飯。手段越困難，能夠達成的願望等級就越高，反之如果說出：「如果我可以在十分鐘內打出來，就可以跟林志玲交往！」這種手段非常簡單的爛句子，也是無法天從人願的。反之，命格會因為不屑宿主，而產生令宿主拉肚子的黑暗能量。

特質：是一種達成自我制約後，命格努力回饋出來的報償能量。說起來不關痛癢，真正掌握訣竅的話，將會產生很超級的力量。

進化：黑帝斯的詛咒

第408話

如同蜘蛛絲，無數條彼此無視的線，卻都在通往「終結歷史」的道路上。

其中一條，被亂入的冷風一吹，偏離了原有的方向。

「哈哈！唬爛的啦！」烏拉拉一拳擊出。

老麥狗吃屎飛出。

大火球落在地上，爆散開來，荒地上的廢土瞬間變成灼熱的流彈。

一瞬間，眾獵命師在烏拉拉製造出來的「主場」裡鬥將開來。

初家的劍法，一向以清冷孤絕爲奧義，使出時有種冷眼天下人的驕氣。

但初十七的絕妙劍法，此刻卻像潑婦罵街一樣橫衝直殺過來。

「殺你！殺你！殺你！殺你！殺殺殺殺殺！」初十七尖叫。

說是潑婦罵街，卻是天底下最厲害的潑婦罵街，沒有了初家劍法的本質精髓，劍上的內力卻一點不假，殺氣騰騰，絕對不給人留活路的抓狂氣勢。

兵五常也不是乖乖防守的個性，毫不含糊地用顛狂的蜈蚣棍法砸了過去，以攻代守，命格「無雙」的力量不斷湧現，將棍上的力量催升到平日的三倍，全身隱隱散發出紅色的光芒。

起先兩人的招式快速絕倫地碰撞在一起，眼花撩亂。

但隨著兩個人的力量越來越強，劍棍互砸，空氣中不斷爆開不正常的響聲。

這兩個高手根本沒交過手，但身爲現役長老護法團之一的兵五常，自認沒理由敗給這個劍法已經凌亂到不行的女瘋子。

越打，兩個人兵器上的力量越強，撞開時的反作用力就越大，大到後面跟上來的招式都無法順利接上前一招，只能重整旗鼓再使出。

兩人的攻擊頓挫不已。

「日本就要天下大亂了，你們還在這裡攪局！」兵五常不耐煩地大叫。

劍棍交撞，爆開！

「我的孩兒們快滿十八歲了……我的孩兒們就要滿十八歲了！」初十七喃喃自語，

神色淒厲：「唷咿他們就快要自相殘殺了……就要滿十八歲了……到底哪一個會活下來呢！做媽媽的真的很想知道答案啊！」

劍棍交撞，爆開！

初十七招式越來越單調，劍上的殺氣卻越來越濃厚，威力強到開始將兵五常的棍勢刺亂，在兵五常的身上劃開幾個深可見骨的傷口。

「不妙，她的命格不大對勁。」兵五常暗忖，這個瘋婆娘的打法好像是在尋仇，根本不像是她口中所說的，單單要宰掉烏拉拉解除詛咒而已。

與兵五常搭檔無數次的命格「無雙」，漸漸被初十七體內的奇怪命格給壓制下去。

一個警覺，兵五常猜到了初十七身上的命格——

「妳用的是『同歸於盡』吧！」兵五常頗為不滿地吼道。

「……是『玉石俱焚』！」初十七披頭散髮，淒厲地大叫：「你這個連名字都背錯的獵命師，不配跟我打，提前下去等我兒子吧！」

「你兒子半年後要生日了，妳壓力很大我曉得，但我們之間有深仇大恨嗎！」兵五常怒不可遏，這「玉石俱焚」繼續發揮作用的話，還真的不會有好下場。

「你跟他們都一樣，癡心妄想，不安好心！」

初十七完全不防守要害，每一劍但求直刺兵五常的心肺。

兵五常忍無可忍，藉著一棍重重打在地上，手中黑棍登時斷成十一截棍！

「瘋女人，看我蜈蚣棍法——『十一重地獄』！」

第409話

對於大混戰，烏拉拉一向是挑「看起來最討人厭的敵人」下手。

從天而降的烏拉拉在老麥的背脊上一轟得手，當真將那個殺人無數的狠角色摔得七葷八素，火焰般的內力攻進老麥的體內氣海，登時讓在地上打滾的老麥咳出一股火燙的濁氣。

「火炎掌！」

老麥還沒穩住，便又看見一道火焰直衝而來。

「！」老麥連台詞都沒想好，就被這一記比偷襲還偷襲的火焰彈給炸到。

轟地好大一聲，老麥半身瞬間燒了起來。

「我可不打算放過這種連環擊的機會。」

烏拉拉瞬間來到老麥的背後，這次是重重的火焰一腳！

這次老麥連轉身都沒有，直接回臂，用奇怪的招式掃開這雷霆萬鈞的一腳。

「喔喔喔！」烏拉拉被震開。

爭取到喘氣機會的老麥一運內力，喝地將身上的火焰一口氣震熄。

「臭小鬼，這下不會讓你死得太快了。」

壓抑住憤怒，渾身冒著焦煙的老麥，擺出人類絕對無法做出的奇怪起手式。

那兩隻手，好像海草一樣冉冉在空氣中祟動著……

「……哇賽！」烏拉拉點點頭，表情竟然有點讚嘆。

老麥的手，很危險。

由於長期浸泡在特殊的古老藥水裡，老麥雙手裡的臂骨整個軟掉，關節鬆脫、肌肉纖維彈性倍增、皮膚卻逆向硬化——是的，你想的一點不錯，跟鰲九一樣，惡名昭彰的老麥也是燃蟒拳的高手！

只是，老麥的燃蟒拳程度遠在鰲九之上！

「別瞧不起老人啊！」老麥啐了一口，目露凶光。

手臂化作兩條危險的巨蟒，刮起不定向旋轉的怪氣，朝烏拉拉席捲而去。

烏拉拉意識到老麥手臂上「纏著」一股危險的怪力，急忙躲開，只見燃蟒拳刻意示威似地擊中地面，地面立刻被「捲開」一個大洞。

「修煉五十年的燃蟒拳，加上兩百年的命格『石破天驚』，就是你的死期！」

老麥半甩半捲著兩條手臂，朝著左右閃躲的烏拉拉一陣沒有喘息的快攻。

「怎麼練的啊！一定每天都很勤勞吧！」烏拉拉左支右絀。

「燃蟒拳——空殺絞！」老麥越來越快。

跟鰲九的等級完全不同，不需要眞正接觸到敵人，老麥修煉超過半個世紀的陰毒內力，透過手臂肌肉的高速旋轉，竟能像砲彈一樣甩出去，將地面捲開一個又一個大洞。

鑽！

鑽！

鑽！

而燃蟒拳本來就是招式無法預測的怪異武功，沒有骨頭，關節若有似無，全靠蛇一般的肌肉活動。這一拳怎麼打來的，完全不能用一般的拳理去計算。

若非閃躲是烏拉拉的強項，烏拉拉早就被鑽心而過。

饒是如此，烏拉拉的背上全是冷汗。

猛朝自己咬來的攻擊「並非直線的力量」，靠的是高速旋轉再被擊出的內力，威力之大，滲透之深，就算坦克車的厚鋼板打不穿，也能直接殺掉坐在坦克車裡面的士兵吧？是吧？是吧！

忽然，地震了一下。

烏拉拉等人的胸口也跟著震了一下。

原來正施展「怪力訣」的谷天鷹，揮舞超級大鏈球就像沒有重量似地砸在地面，震出的音波掃垮了一大群逼近的狂蜂。

「倪姊姊，妳行吧？」慌亂之際，烏拉拉還是脫口關心。

「管好你自己！」倪楚楚皺眉，又操使幾十隊的蜜蜂攻向谷天鷹。

「女人！要不要換手?!」兵五常打得氣呼呼地，眞想擺脫這個壓力很大的瘋婆子，將渾身精力發洩在跟谷天鷹的大鏈球對決上。

「少來。」

倪楚楚心想，不管谷天鷹的鏈球再怎麼聲勢驚人，他的本體不過就是一個血肉造成的人。

是人，被一大群蜜蜂螫到照樣得趴……

若不是遇到像烏拉拉這種化蟲咒的天敵，倪楚楚可是無話可說的頂尖高手。

第410話

就連血族都找不到這種超級大力士。

話說可以隨意甩弄超過一千公斤重的大鏈球，谷天鷹卻非擁有超強的怪力，而是一個將「怪力訣」施展得出神入化的獵命師。

從何說起呢？

按照運動原理，如果谷天鷹擁有隨手舉起一千公斤重物的力氣，他一拳揮出的力量也絕對不亞於這個數字，但事實上谷天鷹一拳的力量跟普通拳擊手差不多而已，他一拳打在倪楚楚身上，說不定內力深厚的倪楚楚連稍微後退都不會……

這就是「怪力訣」的奧妙所在了。

修煉怪力訣的獵命師，可以通過喚醒棲息在體內的咒血，消弭地心引力作用在任何物體上的效果。他們能夠舉起、拉起、揮舞起極爲沉重的東西，例如將汽車當成紙箱丟出去、將鋼板當作飛盤一樣扔出去、若無其事把電話亭拆下來當紙飛機射向看不順眼的人。

能做到什麼地步、能消除多少份量的地心引力，當然就看個人修爲，若加上眼力非凡，徒手接住砲彈甚至飛彈也不是不可能。

——換句話說，一定要藉助物件，才能擁有威力。

在現代，會選擇修煉怪力訣的獵命師非常罕見，不是因爲咒語的構造很複雜，而是修煉的方式非常危險。

反而在古代的大規模兵馬作戰中，怪力咒盛極一時，曾有幾十個獵命師家族投入修煉怪力訣，各國諸侯都很樂意僱用擅長怪力訣的獵命師。但自元朝以後，獵命師變成一脈單傳，許多人都在怪力訣的修煉過程中喪命，到了後來，甚至有些知識淺薄的獵命師根本不曉得有這種神奇咒術的存在。

谷天鷹，年輕時是卓越的天才。

老去的現在，則是誰也不服的怪物。

配合著他苦心尋找到的命格「殘王」，精神與肉體上的強化更直接推升了咒術上的境界，如果他可以找到坦克車，你就會見識到谷天鷹把坦克車當作兵器來使！

大鐵球再度砸下。

咚！

咚！

咚！

谷天鷹的招式大拙勝巧，沒有人可以攔得下他這種打法。

「這麼大動作，打得到我才怪。」

倪楚楚不以爲然，卻也不敢太過靠近，只能先用蜂群牽制谷天鷹的怪力。

「小女孩，我當上長老護法團的時候，妳還在殺妳的兄弟姊妹呢！」

谷天鷹不屑地說，刻意等待蜂群逼近，再一球砸在地上，震出的衝擊波一下子就潰散了倪楚楚精心佈置的蜂群。

幾百幾千隻毒蜂就這麼給震暈，落在地上回歸成了字咒。

時間並沒有拖垮谷天鷹絲毫氣力，反而考驗著倪楚楚不斷幻化新蜂群的能力。

第411話

地震連連，谷天鷹的攻擊彷彿要將地球砸爛，然而大鏈球轟在地表的衝擊波不只持續轟亂了蜂群的隊形，同時不斷騷擾著容易分心的烏拉拉。

「怪力咒啊，眞是好東西呢。」烏拉拉有點羨慕，心想：「可惜當初哥哥完全不會，否則稍微教我一下，臨敵應變相當好用哩……」

胡思亂想之際，老麥的手臂忽地伸長、拐了個彎擊中了烏拉拉的右手臂。

奇怪的悶響！

烏拉拉往左飛摔，在地上擦出一條土線。

剛剛就算來得及以斷金咒護住身體，直接被這種拳打到胸口的話，內臟也會被絞爛吧？幸好事先把斷金咒寫在手臂上，已經是烏拉拉戰鬥的新習慣了！

「……看起來有點恐怖喔！」烏拉拉摸著疼痛不已的手臂，大叫：「書恩，沒事的話就來點風！」

來點風？

幾乎是抱著觀戰心態的書恩，像是大夢初醒般看著發號施令的烏拉拉。

「就是我們在火車上討論的——風啊！」烏拉拉大叫。

書恩心中沒有任何念頭，一招最稀鬆平常的「大風掌」拍出，體內命格「風的種子」的能量也自然融入這一掌吹出的大風。

等到風呼呼呼來到烏拉拉身邊的時候，那一掌已經膨脹出原先五倍威力的超級大風。

「找對了命格，勝過瞎練十年啊！」烏拉拉順著大風，左掌斜斜削起。

就像是街頭魔術師吹著火把上的火，事先含在嘴裡的酒精順著吹出去的氣噴灑出去，火焰也會突然劇烈膨脹一樣，烏拉拉這毫無醞釀的隨手一掌，卻轟出一道威力強大的火焰，將死纏不放的老麥暫時逼退。

「……」老麥摸著焦黑的眉毛，一摸，就隨風灰飛煙滅了。

大風加上大火，那可真是不得了的搭配。

只是如果風太大，就會直接將火吹滅。

又如果火大太，風扛不動，威力也不會有明顯的加乘，那何必聯手？

書恩不強，烏拉拉知道。

但若想要在短時間內讓兩人聯手的威力迅速變強，就不能在「理所當然的常識」裡打算盤。偷雞摸狗的高手烏拉拉，比誰都要深刻了解這個道理。

「書恩，我不會慢慢來喔，一口氣就要來眞的。」烏拉拉吹著掌心的殘火。

「我會盡量跟上的。」書恩也不曉得自己爲什麼要附和烏拉拉。

老麥對兩個乳臭未乾的小鬼即將的聯手也不看在眼裡，但有句話不說不快。

「並肩作戰，是弱者的證明。看樣子獵命師一代比一代弱，一代比一代沒骨氣，永遠都讓人看不下去。」老麥冷笑，兩條手臂再度冉冉搖晃，模樣妖異。

書恩的耳朵紅了。

但烏拉拉可大方地笑了。

「就算當弱者也沒關係。」烏拉拉承認。

烏拉拉一個後空翻。

「因爲我們對戰鬥以外的世界，還有更好的期待。」

單手倒立，雙腳成拳……烏拉拉久違了的戰鬥起手式。

「說得……很好。」

書恩深深深呼吸，精神一振，感覺到「風的種子」也得到了呼應。

老麥衝出。

「風先行！」烏拉拉的掌底積聚著強火，附近的地面都被燒得隱隱發紅。

書恩雙掌拍出，身形隨風掠出。

「大風咒──十三級颶風！」

第412話

烏拉拉的身影消失，只剩下從大地迸發出的一道凶猛火箭！

「！」老麥還來不及反應，就被眼前的恐怖光景給震懾住。

兇猛的火箭在超強颶風的吹襲下，瞬間變成一條張牙舞爪的火龍，捲起乾熱的空氣，有種要將老麥在這一招中就KO的氣勢。

「別以爲這種招式起得了作用！」老麥驚極反怒，爆發式用十成功力使出燃蟒拳，硬生生將這條取風引火的惡龍給從中絞斷。

同時烏拉拉以極佳的腳力躍上半空，再度使出威力強大的「雷霆火殞」，巨大的火球不斷轟落，而書恩也依照在火車上的戰術討論，使出在空曠地區最能配合「雷霆火殞」的「大風咒」奧義……

「大風咒——天地操風術！」

這一招，書恩傾注自己所有的力量也不足夠，幸好她剛剛用命格「風的種子」把周遭十公里的風力都蒐集過來，現在才有勉強堪用的風力來捲起烏拉拉不斷從空中丟下的烈火。

轟隆轟隆落下的火殞中，有一半直接落了地，僅僅有一半順利被書恩捲起，用風在地面上「綑」成了一道又一道繞著圓圈飛滾的火龍。

火龍灼熱奔騰，又兼具能量持續性，沒想到初次和人合作就能製造出這麼厲害的「東西」，將老麥困在圓圈中央。

「別以爲我會眼睜睜看你們把招式合完。」

老麥冷笑，一面衝向最弱的書恩，打算硬鑽出火龍牆把她幹掉。

「說什麼啊？早就合完了。」烏拉拉落下。

十幾條迴旋飛轉的火龍瞬間合而爲一。

「試試看！這招叫——叫……」書恩雙手一導，意念回歸。

「叫『風來火』！」烏拉拉迫不及待取名。

在書恩的風勢操控下，超級大火龍以驚人的速度朝著老麥捲去。

「完了……」老麥的腦袋空白一片。

這是對敵多年的他，首次感覺到一腳踏在死亡的界線上。

「中！」烏拉拉高高舉起雙手。

「中！」書恩全神貫注，別無他想。

眼看超級大火龍就要終結這場戰鬥的三分之一，可惜烏拉拉「火炎咒」的能量還是凌駕在書恩的「大風咒」之上，書恩非常辛苦才能用十三級颶風將「雷霆火殞」轟落的火炎給捲了起來，但說到操控自如卻是遠遠不如。

這條窮凶極惡的大火龍在最後失控，錯開了方向，擊中老麥的左邊。

驚天爆響，大地狂燒，幾百道流竄的火焰往四面八方射去。

這一擊雖沒能得手，但老麥可是大大嚇了一跳，一時之間立著不動。

「怎麼回事！」浸浴在劍氣裡的兵五常也很吃驚。

「？」初十七的劍氣被火焰衝亂，瞥眼看了過來。

「竟然……」倪楚楚高高躍在半空，將剛剛底下的情勢看在眼裡。

這種結合兩種咒術的強猛招式，用在大魔王徐福身上，也一定有用的吧？

不，一定有用！

只要直接打中的話，再強的敵人都不可能沒事的！

正以大鏈球毆打地球的谷天鷹也被流燄掃到，他打得興發，乾脆隨手扔了一球過來打招呼。這一球威力驚人，被風刮得餘火四散。

烏拉拉一看不妙，趕忙翻滾避開重擊，也朝著谷天鷹遠遠拍出一道火炎掌。

「別忘了，你是我的獵物！」重整旗鼓的老麥閃電出現在烏拉拉的背後。

野蠻的蛇拳鑽出，與烏拉拉催出的火炎掌硬碰硬，彼此彈開。

蛇掌著火的老麥趕緊用力一甩，將燒進骨髓的火炎力量驅散，他暗暗心驚：「沒想到這小子單單用火炎咒跟我對轟，竟也能令我受傷。」

「鎖木！」烏拉拉也不好受，捧著劇痛的手掌大叫：「過來一起打啊！五打三這種一定贏的架還不打，怎麼增加經驗值啊？」

「……」鎖木倒是對這種提議不知道回應，一向理智的他完全不認同此戰。

「別怕！你的斷金咒雖然捱不過他們的軟軟拳跟大鐵球，但我跟書恩會幫你擋著啦！你只要趁機偷襲就可以了！」烏拉拉話剛說完，沒想到初十七的劍忽然掃向自己這邊。

「你忘了我的劍！」初十七發瘋咆哮。

兵五常趕忙砸棍追上，豪吼：「別太目中無人！」

此時蜂群瞬間包圍住老麥，將老麥螫得狂舞不已。

初十七也被蜂群突入，氣急敗壞用劍氣護住周身。

其實這才是倪楚楚最厲害的本事，她的能力足以以一對多，只是剛剛烏拉拉的火炎咒太厲害，燒得這片充當戰場的荒地一片火海，讓倪楚楚的蜜蜂部隊行動極爲受限，僅能控制飛行路線單挑谷天鷹。

「書恩，接下來要讓妳筋疲力盡了，一鼓作氣！」烏拉拉摩拳擦掌。

「別！」倪楚楚冷然阻止：「別讓你的火礙我蜂群的事。」

毫髮無傷的谷天鷹朝著眾人又是重重一砸，砲彈般的大鏈球轟得所有人都跳了起來，密密麻麻圍住初十七與老麥的蜂群再度潰散，卻也震得初十七頭暈目眩，老麥也趕緊摀住耳朵。

「那麼，抱歉了。」

鎖木運化起斷金咒，趁谷天鷹這一擊還未收回，朝他的頸子用力斬下。

「別以爲你那種程度的斷金咒對我有用！」

谷天鷹大喝，頸子繃緊，硬氣功直接承受住鎖木這一斬。

有點頭暈，谷天鷹怒得隨即回掌。

鎖木單臂招架，硬碰硬擋下了谷天鷹的硬氣功。

兩人硬碰硬交手之際，忽地谷天鷹斜斜摔了出去，原來是不知道從哪竄出來的書恩偷襲得逞。

「……寒風掌。」書恩打中了谷天鷹的腰際，喘吁吁地說：「對不起。」

谷天鷹冷笑，手一抓，大鏈球朝著兩名不知好歹的一陣狂砸。

五個獵命師打三個獵命師，哪能挑得整整齊齊？

現在完全就是混在一起當果汁機打了。

第413話

「你們管到底，我就殺到底！」

初十七尖叫，狂劍殺向倪楚楚。

「瘋女人，妳太超過了。」倪楚楚一面招架，一面看準了有二十幾隻毒蜂確實命中了初十七。按照血脈行走的速度，距離初十七昏倒的時間所剩不多。

「別太自以爲是了，小娃娃。」

全身都是蜂傷的老麥，一陣不要命的怪拳綿綿密密罩住倪楚楚。

「殺殺殺殺殺殺殺！」初十七用內力鎮壓體內的毒血，不要命地把劍當刀砍。

倪楚楚兩邊受敵，老麥一招鑽開了她的防禦。

碰！

硬是對了一掌，倪楚楚後翻，吐了一口鮮血才挺住。

幸好剛剛即時後跳，不然只這一招就死了，內力果然還是資深的強些。

就在倪楚楚被圍毆的同時，烏拉拉正快速躍起。

「兵大哥!該你!」

又是在火車上討論的新招式……從來就只是單打獨鬥的兵五常咬著牙跟著躍起，在半空中踩著烏拉拉的肩膀。

這一借力，兵五常往更上空又是一躍。

呼，這種高度……在戰鬥中，眞是前所未有的心曠神怡啊!

「蜈蚣棍法——十一天連雨!」兵五常長嘯，居高臨下使出絕招。

這一招原本就威力強大，在更高空使出時威力更是大大加倍。

十一道棍勁一道強過一道，從天直壓而下。

「!」

初十七的劍與老麥的拳，同時被迫從下方迎擊這巨力萬鈞的一招。

「殺光你們!殺光你們!」初十七淒厲尖叫，劍卻險些拿不住。

老麥的燃蟒拳往上猛鑽，腳邊的地面被老麥猛力盪開的棍勁砸得滿地開花。

眞是嚇人的連十一招啊!

這場戰鬥，進行到現在不過三分鐘。

這兩個被解除長老護法團的老資格獵命師，在這時間感被激烈膨脹的三分鐘前，絕對沒想到自己會被逼到這種地步。

初十七的精神狀態本來就不佳，每天都會不定時發瘋好幾次，如果讓她順利殺死幾個人洩恨解解壓，那是最好，但今天跟人打了很久卻連一隻手也沒能砍下來，實在是太崩潰了，在她體內的命格「玉石俱焚」逐漸忍耐不住，開始擠壓宿主初十七的精神狀態，將她推往更瘋狂的那一條線。

惡名昭彰的老麥更是嘔，從來只有他凌虐別人的份，沒有別人反抗的餘地，但今天一直被自己看扁的小獵命師打得遍體鱗傷，甚至還生出「今天應該會死在這裡吧」的絕望念頭，實在是大大丟臉。

老麥還有幾招壓箱底的屠殺招式，雖然太久沒遇到厲害的敵人，等於封印無用，但今天絕對要拿出來殘殺自己的族人。

「十一天連雨」結束，初十七朝天嗆出一灘血。

「效果不錯吧！」烏拉拉先一步落下。

「還可以！」兵五常跟著落下，好久沒有打得這麼盡興，滿身大汗。

眞奇怪，久違了的全力以赴……兵五常有種異樣的情緒。

這個小鬼，這幾年來都是一個人不斷面對這種驚險的追殺嗎？

就算是身爲獵命師長老護法團的他，在「面對非生即死的實戰經驗」上，也不會有這個活在每天被追殺的大男孩多吧？

戰鬥的技巧在無數實戰中突飛猛進，可以想像。

——但，爲什麼這個大男孩還是可以笑得這麼燦爛呢？

此時鼻青臉腫的鎖木摔到烏拉拉腳邊。

鎖木狼狽地說：「有空的話，請注意我跟書恩快被殺了。」

「被揍了還會說笑啊？那就還有希望啊！」烏拉拉嘻皮笑臉地扶起鎖木，準備衝向他很想交手的谷天鷹，不然谷天鷹再幾下就會把書恩砸扁吧。

接下來的幾分鐘裡，大混戰亂七八糟地持續著。
對兵五常來說，這是痛快的男子漢運動。
對倪楚楚來說，這種不斷交換敵人的打法相當考驗她的耐性。
對鎖木來說，他漸漸開始認識另一個不懂計算的自己。
對書恩來說，她第一次找到在強者戰鬥間，屬於自己的位置。
對烏拉拉來說……這完全就是演練新戰術的最佳場合。

洩！

毫無預警，在這些專注於戰鬥的獵命師的意念之外，傾盆大雨下！
沒有打雷，沒有烏雲滿佈，沒有悶熱的空氣。
就像是一百輛消防車重重包圍住這八名獵命師作戰的荒地，一百口噴嘴對天，然後將水壓開到最大、一口氣製造出一場超級突兀的大雨一樣。
雨勢大到每個人的眼睛都幾乎睜不開。
被火炎咒烤得焦黑的土地，被雨水一淋，熱能釋放，瞬間冒出大量的蒸氣。

不約而同，這些渾身是傷的獵命師都暫時停了手。

「這雨……」鎖木摸著搖搖欲墜的鼻骨，說：「不大對勁。」

的確是不大對勁。

因為，烏拉拉不見了。

谷天鷹那輛吉普車也不見了。

前車之見

命格：修煉格

存活：兩百五十年

徵兆：在刻意警覺下，宿主可以洞察可預期的危險，如地雷、陷阱、埋伏、通電的裝置，進而趨吉避凶。對小偷或行軍的將領來說一樣有效。

特質：典型的修煉格命格，提昇的是宿主本身既有的能力，可以洞悉人為的變因，卻無法預期大自然的力量。

進化：一針見血、大偵查家、判善斷惡。

第414話

眞是奇妙的畫面。

河邊的大草地上，被當母親的用氣勁裂出了一個工整的大圓。

十名祝賀者站在圈子外，等待著圈子內預備上演的兄弟相殘。

這兩兄弟，只差了十七秒，便一前一後抵達了十八歲。

闞香愁，十八歲。

闞能歡，十八歲。

十個祝賀者皆想，自古以來闞家的鬼水咒之厲害，獨步獵命師一族，或許是闞家的家族血液裡藏著特殊的遺傳秘密，或是訓練的方式特有竅門，令闞家代代都是天才。

烏家火，闞家水。

水火不容，各擅其場。

每到致命的生辰祝賀，闞家必會有一場令人嘆爲觀止的大水戰。

於是，今年殘酷的儀式竟吸引到十位祝賀者同時駕臨，好像忘了儀式的本質，這十位祝賀者抱著奇怪的心態來「觀賞」鬼水咒又被闞家新一代提升到何種境界。

可時間慢慢消逝，這兩個雙胞胎兄弟只是坐著對看，好像不打算開幹。

最後這對雙胞胎開始有一搭沒一搭，聊著令十位祝賀者相當震驚的話題。

「如果我們聯手，把那十個祝賀者都幹掉，加上爸爸媽媽也一併幹掉，應該也是辦得到的吧？」闞能歡打了個呵欠。

「唉，怎麼可能辦得到？如果是六個以內才有勝算吧。」闞香愁搖頭。

「也是。」闞能歡瞥了一旁的祝賀者半眼。

「不過就算辦得到，那也太累了吧。」闞香愁從鼻子裡噴氣。

「沒錯啊，光是稍微想一下就覺得很累。」闞能歡乾脆半躺了下來。

這種對話聽在十個祝賀者耳裡，當然又驚又怒……這算什麼？

旁若無人地亂講大話，把有地位又有力量的他們看做了什麼？

難道不怕十個祝賀者齊上，將這兩個混蛋小子一口氣都打死嗎？

又過了十幾分鐘目無尊長的對話，好不容易，這對雙胞胎兄弟總算切入重點。

「我們之間，誰活下去都一樣吧？」

「是啊，反正都沒差別嘛。」

「你就是我，我就是你，誰活下去都一樣。」

「那我就去死吧。」

「我看還是我死了好，活下去這麼累的事就交給你了。」

「要不，就……就讓這隻蜜蜂決定吧？」

「嗯，停在誰的身上，他就活下來吧。」

兩個長得一模一樣的兄弟一搭一唱，此刻已分不清楚哪一句話是誰說的。

而他們口中的蜜蜂，就是從剛剛到現在就一直在兩個人周遭嗡嗡嗡飛來飛去的這一隻，不曉得是單純的白目，還是真的來採花蜜的。

沒有人可以決定這兩名獵命師決鬥的方式。

既然他們說了是蜜蜂，這十名千里迢迢趕來看好戲的祝賀者也只能呆呆地看著那隻蜜蜂在兩兄弟附近飛啊飛、繞啊繞的……

最終，那隻蜜蜂並沒有在兩兄弟中的任何一個身上停留。

而是一隻蜻蜓，停在了鬬香愁的肩膀上。

「再等下去實在太麻煩了，就這隻蜻蜓吧？」闞能歡攤手。

「說好了是那隻蜜蜂……算了，那就我吧。」闞香愁也沒有意見。

於是闞能歡與闞香愁同時坐直了身子。

兩兄弟各伸出右掌，掌心貼在一起。

「我的力量統統給你，這樣你就可以少掉一半的練功時間啦。」

「那太好了，請給我吧。」

前所未聞，不可思議的水能量在兩兄弟的體內迅速轉移，只用了半炷香。

闞能歡徹底成了個廢人，而闞香愁則獲得了突飛猛進的進境。

夕陽下，兩兄弟彼此對了最後一眼。

「兄弟，再見了。」

闞能歡舉起右手食指，敲了敲自己的太陽穴。

最後的內力殘燼從太陽穴湧入，毀碎了大腦，闞能歡倒下不起了。

「……我也陪你睡一覺吧。」

鬪香愁說倒就倒，躺在雙胞胎兄弟旁大睡。

這，算什麼？

鬪家的傳奇就到今天爲止了吧？

不管是死去的那個，還是活下來的那個，不過都是廢物、跟廢物中的廢物。

幾乎在同時，十名祝賀者表情嫌惡地離去。

而雙胞胎的父母則沉默地接受發生的一切，轉身，留下他們兄弟最後獨處。

獵命師史上，從來沒有過這麼枯燥白痴的對決。

這是一般人的解讀。即使是當時的旁觀者也如此評價。

只有那隻蜻蜓知道，剛剛兩兄弟暗中策劃的大突圍何其驚心動魄。

第415話

闞香愁慵懶地握著方向盤。

這個動作，已是烏拉拉看過他做過最有精神的事。

「哈。」闞香愁其實也沒在開車，他不過是隨便放了一隻手在方向盤上，也正好踩住油門，直直將車往前開罷了。

脫離了新幹線的軌道，這裡是名古屋的荒郊野外，放眼望去沒人沒車，電線桿也很少，因爲闞香愁根本就沒有開在正常的路上。

不正常開，時速也很隨便。

油門上的腳只踩不放，一下子就來到一百八十公里。

「闞大哥，你剛剛不是還在新幹線上睡覺嗎？」烏拉拉感到好笑。

「哈。」闞香愁慵懶地笑笑，身上酒味超濃。

絕不會有人想到，是一場莫名其妙的豪大雨將眾獵命師的大混戰給「沒收」。

至於闞香愁到底用了什麼辦法，藉著大雨當障眼法將烏拉拉「偷走」，就連烏拉拉自己也摸不著頭緒。

似乎在大雨落下的瞬間，烏拉拉就出現在吉普車上了，至於闞香愁使的是咒術，還是特殊的命格，就完全不可解。

這個醉鬼，眞不簡單。

如果說烏拉拉是努力的天才，那麼，只能說闞香愁是天才中的天才吧？

不過比起「技術」，更令烏拉拉好奇的是，爲什麼闞香愁這麼懶惰的人要費神把自己「救」出大混戰呢？

咚！

高速行駛的吉普車輪胎壓過路上的石頭，劇烈顚簸了一下。

「……」烏拉拉有點想吐。

「你早就料到我會救你嗎？」闞香愁瞇著眼，時速已經到了一百九十公里。

「神機妙算，應該是你的強項吧？」烏拉拉回憶著歌訣。

闞香愁，顯然沒有他表現出來的那麼慵懶：「我只是想看看，可以自己更改幻貓咒的歌訣、又把人變進異次元的天才獵命師，還可以做到什麼事？」

闞香愁笑得很隨便。

「還可以把人給變回來。」烏拉拉微笑，哼著歌，打著拍子。

柔和的白光在烏拉拉的手中一現，他輕輕將白光拋向吉普車後座。

彷彿是廉價的電影特效，白光隨風褪去，神谷抱著紳士，出現在吉普車後座。

「眞了不起。」闞香愁嘖嘖：「大叔我，怎從沒想過幻貓訣可以改個唱法？」

從黑暗咒界回到人間的神谷，表情看起來有點呆呆，紳士也有點精神不濟。

咚！

又是一陣讓人想吐的劇烈顚簸。

「……」這一震恰巧讓神谷回過神。

神谷焦切地看著烏拉拉，好像在檢查他身上的傷勢，所幸烏拉拉除了一身衣服照例燒得破破爛爛，並沒有大礙。

紳士一溜煙鑽回主人的懷抱，喵喵聲抱怨著牠並不喜歡待在剛剛被送去的地方。烏拉拉按摩著紳士的頸子，回頭笑笑看著神谷：「等一下妳一定要跟我說，那個黑暗咒界長得什麼樣子喔。」

咚！

又來了！

「你剛剛一直不逃，嗝，那些人肯定拿你當藉口打個沒完。」滿口酒味，闞香愁含糊地咕噥著：「小朋友，你根本就是賴在那裡玩嘛，嗝。」

「被你發現啦？」烏拉拉心想，這輩子他再也不想跟獵命師作戰了。

剛剛不管是毫不畏懼一打多的谷天鷹、老是想硬碰硬的老麥，還是很崩潰的初十七，大家打起來都有一種連命都可以不要的氣勢，就連算是站在自己這邊的兵五常跟倪楚楚，爲了自尊，好像也有一種絕不向敵人屈服的氣概。

既然如此，既然不怕死，爲什麼不燃燒生命「死對地方」呢？

既然不怕死，又爲什麼當初「要用極度痛苦的方式讓自己活下來」呢？

這些矛盾，烏拉拉通常不去想。

一想，就很想對著黑暗的遠處大聲咆哮。

咚！

咚！

咚！

時速一百九十公里的顛簸眞不是人受的。

劇烈搖晃，神谷的臉不斷向前探，烏拉拉抱著受到驚嚇的紳士輕輕安撫。

「我問……我問你，嗝，憑你，剛剛明明可以將他們身上的命格偷走，嗝，至少會讓他們的攻擊少掉一半，怎麼不做啊？嫌麻煩？是嫌麻煩嗎？」闞香愁摸摸鼻子，眼睛又瞇又睜的。

這表情好像是在說：嫌麻煩所以不做這種事，我也可以理解喔。

「那些命格，他們養很久了，有一天他們會用來打吸血鬼吧。」烏拉拉說著連自己也不大相信的事：「如果我先打再逃，他們會更加記恨，應該會努力想辦法找到我、把我殺掉。而我要去哪裡？當然是去找我哥哥。我哥哥在哪裡？我哥哥當然在東京，現在他一定不會放過殺進地下皇城的機會，所以他會去地下皇城，我也會去。」

「……嗝。」

「按照詛咒，如果我很乾脆地死了那就沒問題，但如果我被血族抓到了死不成，那獵命師就全部等著被詛咒集體毀滅。爲了確實殺掉我以絕後患，那三個獵命師再怎麼不願意，也一定會到地下皇城追殺我的，到時候一大堆獵命師你擠我、我擠你把地下皇城塞到爆，竟然不一起打徐福——我不相信！」

「喔，這樣啊，哈哈哈哈嗝哈哈。」闞香愁笑得前俯後仰，笑得像個專業的酒鬼：

「不過你真的以爲他們真的是爲了獵命師的狗屁命運，嗝，才大老遠跑來殺你的嗎？哈哈哈哈！」

「難道不是嗎？」

「他們啊……」闞香愁笑得眼淚都擠了出來：「只不過一群見不得人好的叔叔阿姨啊！小朋友，你怎麼到現在還不明白嗝，你們兄弟倆聯手殺了一堆人逃跑，是多麼讓人羨慕的事啊！嗝，他們那些自私自利的傢伙，哪裡想得到什麼詛咒？什麼命運？哈哈哈哈哈……」

原來。

如此。

烏拉拉突然明白了很多事。

他在剛剛那三位追殺者眼裡看到的不是大無畏的驕傲，而是燒得滾燙的妒火。

「闞大叔。」一股情緒上湧，烏拉拉脫口而出。

「嗝？」

「你太強了，乾脆你也一起來打徐福吧！」

「聽起來好累啊。」闞香愁斷然拒絕：「嗝。」

「很好玩的！」

「哈哈，還是不了，我啊……比較適合輕鬆的差事呢，嗝。」

「哈。」

車子往前開，烏拉拉依著月光判別方向，這台車正在接近東京的路上。

只是這條路的正前方，有一棵大樹。

「喂，前面有樹。」烏拉拉隨口提醒。

「哈。」闞香愁笑嘻嘻看著前方。

「喂！有樹！」烏拉拉感到狐疑。

「嗝。」闞香愁打了個酸苦的酒嗝。

「……」坐在後面的神谷也感到不對勁。

在烏拉拉瞪大眼睛不敢置信的時候，吉普車就轟隆一聲撞到了大樹。

引擎蓋冒出濃濃的黑煙。

烏拉拉拎著爛醉如泥的闞香愁、驚嚇過度的神谷，站在撞成稀巴爛的吉普車後。

剛剛千鈞一髮，烏拉拉再怎麼隨性也只有快點拉著闞香愁與神谷跳出車外，要不就是一起撞樹。

神谷比手畫腳，指著肇事的闞香愁一陣激動啞罵。

「現在沒車了，怎辦？」烏拉拉感到很好笑。

「想辦法再找一台吧，哈哈，嗝。」闔香愁絲毫不以爲意，人卻躺了下來。

「怎麼，這種節骨眼上要休息嗎？」烏拉拉頭歪了。

「好幾年沒這樣動了，嗝，我不睡一下不行了，睡眠是快樂之母啊嗝。」

闔香愁就窩在倒楣被撞的大樹下，姿勢隨便一擺，看起來就是超好睡的：「前面再走十五公里，有一棵長得很自卑的白樺樹，樹上，嗝，你會看到一隻正在吃青蛙的貓頭鷹。如果青蛙是黑色的，往左手邊走，嗝，你會看到一台半滿油的小貨車。如果青蛙是紅色的，往右邊走，走快點，會看見公路，耐心等，也許會遇見不要命開往東京的車子……嗝。」

聽起來，闔香愁是打定主意不會繼續與烏拉拉同行了。

烏拉拉看著這個半瘋半醉、卻也許是他遇過最厲害的獵命師，從一些短暫的相處中可以知道，這個二十四小時「隨時保持一蹶不振」的大叔，至今爲止的人生大概都被其他獵命師狠狠瞧不起吧。

……但他輕而易舉就辦到了其他人都辦不到的事。

廢物般的闔香愁發出輕微的鼾聲。

烏拉拉心中有種奇異的親切感湧了上來，情不自禁用力踢了闔香愁一腳。

「闔大叔，我身上隨時可以插上『百里箍』，倪楚楚她們遲早會找著我的，你呢？到了東京怎麼跟你聯繫？」烏拉拉很認眞地說：「就算你不想打徐福，也可以一起打個麻將，喝喝酒什麼的。」

「這樣啊……打麻將好啊，喝酒更好啊，想喝酒的時候我自然會找著你的。」

闔香愁抽動了一下，隨即翻過身，呼呼大睡去也。

烏拉拉牽著神谷慢慢朝前方走去，紳士一蹦一跳地跟在旁邊。

「肚子餓了，妳呢？」烏拉拉摸摸肚子。激烈打鬥後，總是想大吃一頓。

神谷臉紅點點頭，晃著烏拉拉的手。

「拿了車，我們就先去找吃的吧。」烏拉拉玩著神谷的手指。

除了車子、食物跟水，烏拉拉很希望可以在最短的時間內找到新衣物……

唉，不比漫畫跟電影裡英雄身上永遠不會破掉的衣服與褲子，綠巨人浩克的褲子永

第416話

遲遲等不到總攻擊。

漢彌頓與宮澤「逃離」冰存十庫，已第三天了。

毅然在冰存十庫的忍者洞中分開逃命的佩提，不僅沒有出現在集合地點，這七十二個小時來也沒有用通訊器聯繫。幾乎可以說是死亡確定。

東京市中心，一戶被闖進的短租高級公寓裡，電視沒有關掉過。

二十四小時千篇一律都是官方媒體的制式報導，其餘頻道都只剩下馬賽克的粗糙顆粒。即使這台電視也架有衛星小耳朵，但所收到的訊號都非常微弱，國外的新聞資訊幾乎沒辦法進入日本。

戰爭瀕臨全面爆發的時刻，現在的日本在資訊發達的國際社會中還可以自鎖到這種地步，雖然不可思議，但也有跡可循。

絕大部分日本手機所使用的通訊協定自成一格——PHS系統，而非國際社會最廣泛被使用的GSM系統，眞正的理由是，PHS設計的目的是作爲住宅、辦公室，及室外小區域移動範圍內的無線電話系統，最適合用於都會區，因此常見其基地台異常密集地佈建於路旁電線桿、辦公大樓、百貨公司與住宅等地方，功率較GSM低很多，卻也造成了基地台無所不在的現實。

危及時刻，官方電信局可以透過這種「僅限日本」的獨特規格，防止敵國透過GSM系統向一般日本民眾滲透資訊，且「特別V組」也能透過特殊裝備，在大街小巷的基地台二十四小時不斷發送安定腦波的頻率。

但科技也有無法保證的極限。

此時此刻，東京遭到了新聞管控無法掩飾的戰鬥機攻擊，恐懼已經壓倒了安定腦波的頻率，儘管國會已經宣佈軍事戒嚴，東京街頭上還是出現大批示威的民眾，高舉大字報標語：

「給我們資訊！不要官方說明！」

「恢復網路！恢復通訊！機場開放！」

「儘速和談！不要戰爭！」

「拒絕讓東京變成下一個廣島！」

「國會議員站出來，首相出面說明一切！」

警察也沒閒著。

幾百張盾牌擋住重要的路口，手中的木棍敲擊著盾面，厚實的膠製靴底穩穩地踩踏地面，營造出強大的肅殺氣氛，偶爾還用水柱與催淚彈衝開那些付稅金請警察保護他們的市井小民。

有些憤怒的民眾戴著安全帽，高舉自製的汽油彈扔向抗暴的警察，警察毫不猶豫將鬧事的民眾當場一陣亂棍打暈，迅速逮捕。

爲了徹底鎮壓住民怨沸騰的狀況，連坦克也開上了街頭，荷槍實彈的自衛隊展開了市街巡邏，以保護不斷播送著「請民眾安心」的廣播車順利運作。

可有人會相信嗎？

房間裡的電視，也是不厭其煩重複著這一套。

「請民眾稍安勿躁，爲了杜絕謠言，請民眾以官方電視新聞爲唯一可靠的資訊來源，不要任意聽信無法驗證的說法，自衛隊已經做好了保護國家尊嚴、保護人民生命財產的準備，隨時……」主播甜美的笑容，自信滿滿地唸著講稿。

從漢彌頓手中接過解藥，宮澤捲起袖子，將冰冷的藥劑慢慢注射進去。

埋在宮澤體內的Ｄ２戰略性猛毒，還要持續解毒兩天，毒性才會全部褪去。

「我的老婆孩子都還好嗎？」昨天宮澤這麼問。

「很抱歉，負責接送他們的組員全都失去聯繫了。」漢彌頓如此坦白回答。

然後漢彌頓一聲不吭，挨了宮澤一頓長達四十七分鐘的揍。

第417話

失去聯繫，不過是凶多吉少的另一種說法罷了。

但到了此刻，宮澤心中竟沒有太大的悲傷，這點連他自己也感到很意外。

在這種窮凶惡極的末日氛圍裡，或許早一點走到人生盡頭也不算太壞？

還是自己在這幾年擔任血族鷹犬的生涯中，早默默做好了身家全滅的準備？

「任務已經失敗了，你還留在這裡做什麼？你能穿透嚴密的警戒偷渡進來，當然也可以神不知鬼不覺離開日本吧？萬一核子彈從上面丟下來，可是分不出日本人還是美國人的……」

宮澤將空掉的針筒，遠遠扔射進垃圾桶裡。

他的臉上都是密密麻麻的鬍碴，眼眶凹陷，黑眼圈黯淡了整個臉色。

「一旦總攻擊開始，還留在這裡的特遣隊自然有新的任務。」

漢彌頓坐在地板上，靜靜地煉氣。

這三天，除了跟第七艦隊上的戰鬥指揮部聯繫，漢彌頓都重複著打坐煉氣，回想著與大忍者服部半藏短暫的交手過程。

七十二小時以來的結論：要擊敗服部半藏的方法——

沒有。

比起用武力擊敗服部半藏這種「註定沒他份的事」，宮澤這幾天思考的反而是：服部半藏到底是什麼時候盯上特遣隊的？

是在特遣隊從秘密侵入地底之前？還是之後？

還是服部半藏打從一開始就用忍者的本領冒充了特遣隊其中一員？

服部半藏在自我介紹時曾說，他從來就沒有被囚禁在樂眠七棺過。

血族的統御一向以嚴密著稱，就算是宮本武藏這種狠角色也不得不乖乖躺在樂眠七棺裡睡覺，服部半藏竟然可以來去自如，果然是忍者本色。

此刻，服部半藏多半已向血族本部報到，跟阿不思說了自己背叛的狀況吧。自己可是確確實實帶了人類部隊準備爆掉冰存十庫，就算回到了特別V組，怎麼跟上面解釋也不會有用，死罪一條。

不過，回想起幾乎就要爆破了冰存十庫的那一刻，心臟就會怦怦跳。

是興奮吧？是一種超級大反撲式的緊張感吧？

自己的身體裡，果然還是流著人類的血。

「如果總攻擊開始了，你們的任務會是什麼？直接突擊地下皇城？幫助陸戰隊進行巷戰？」宮澤一邊問，一邊露出冷淡的表情。

「我這幾天聯繫下來，特遣隊覆沒的除了我們這一支，還有兩支也任務失敗，全數被殲滅。其餘的七支隊伍各有斬獲，目前暫時都躲了起來，等到關鍵時刻，這七支精銳都會發揮作用。」

……未免也太小看了血族。宮澤躺在靠窗的床上，將窗簾拉開一條縫。

他注意到，那些上街示威抗議的民眾正大量消失中。

不會有錯，若要跟人類列強開戰，無道跟阿不思需要大量新的兵力。

日本境內的冰存十庫勢必正在開啓的過程中，先不說其他地區，光是東京就有三處、一共三萬名血族戰士，要他們醒來就能得到食物滋養，一定需要大量的鮮血。

縱使平日各地主要醫院、醫學中心就貯存大量的冷凍戰備血漿，但肯定不夠三萬名飢腸轆轆的沉睡戰士食用，那些膽敢在這時候上街抗議政府的民眾，自然成了特別V組逮捕的對象。

遲遲不見早上出門的家人回來，恐懼會越來越巨大吧？

在總攻擊來臨前，更大的示威抗議一定會出現，東京會越來越亂。

宮澤不禁想到，不久前他在「城市電眼」監視系統中看到的、與十一豺以及宮本武藏爽快對上的「那個人」，以及那個人背後的「那一群擁有古老神秘力量的族類」。

他們不會放過日本烽火連天的絕佳機會。

他們一定會鬼魅般潛入地下皇城，拿走他們幾個世紀來都想拿走的「東西」。

「漢彌頓，你當獵人幾年了？」

「從知道這個世界上有吸血鬼的那一天起，一十七年。」

「十七年裡，你可曾看過、或聽過一種奇特的吸血鬼敵人，叫獵命師嗎？」

「我聽老一輩的獵人說過一些，不過那只是傳說罷了。如果他們是真的，這十七年裡我一定會碰過。」

「……」宮澤心想，能力那麼強大的異族，居然不論是吸血鬼還是獵人都摸不清楚他們的存在，於理真不合。

這中間一定發生過外族無法理解的變故。

呆若木雞

命格：情緒格

存活：一百年

徵兆：常常發呆，恍神，根本不需多費唇舌解釋啦。許多國中生、高中生在上課時都有這樣的症狀，其實是因為命格作祟的關係，跟老師不會教完、全、沒、有、關、係。老師怎麼可能不會教呢？真相當然不是學生自己爛、就是根本被命格附身啊，所以有時候學生上課看獵命師，只是想找出為什麼上課會發呆、想睡覺的病因而已。老師通常都會體諒，或沒收回家幫學生研究。

特質：彷彿是電腦中毒似的，宿主的大腦也出現了LAG的現象。命格吃食宿主的注意力維生，但宿主通常以為多睡覺就會好了。放屁。

進化：若加以修煉，則可變成非常猛的集體格「集體當機」，到了那個時候宿主本身完全不會發呆，反而都是周遭的人出現大規模恍神的症狀，許多學校的校長、教官跟老師，都很用心地在修煉這種命格。

第418話

「紳士，你一定很擔心小內吧？」

烏拉拉摸著紳士的耳後。

開車前往東京的路上，烏拉拉不斷回想那天晚上的死鬥內容。每種咒術、每個細節、甚至對戰鬥氣氛的重新想像，烏拉拉不斷不斷地在腦中重新演練一遍那晚發生的一切。

記憶力眞好？

不，厲害的不是記憶力，而是爲什麼烏拉拉能夠從許多角度去「看到」眾人戰鬥時發生的一切！

烏拉拉並不是一個強悍的人，甚至也不是一個心思縝密的人，但他有種隨時隨地態度從容的人格特質，不管是在多險惡的環境下，烏拉拉都能脫口說出近乎垃圾的大便話——這表示烏拉拉其實在戰鬥裡找到了很多微妙的空隙，進行比別人更多的思考。

如果抹除了這個空隙，會發生什麼事？

如果烏拉拉拋棄在戰鬥中愛胡思亂想的個性，專心致志，會發生什麼事？

「神谷，說眞的，要是我全力戰鬥的話，會比現在強一百倍喔！」

坐在副座上，烏拉拉大口吃著從廢棄的超商倉庫裡抱來的一大箱巧克力。

「……」神谷緊張兮兮地抓著方向盤，無暇回答烏拉拉。

這都怪半小時前烏拉拉問神谷想不想學開車，說什麼現在是大好機會，因爲公路上幾乎沒有車子敢往危機四伏的東京開，沿途也幾乎看不到警察。話說警察大概也自個兒逃命去了吧……

於是神谷就興致勃勃點了頭，坐上了駕駛座。

「不用怕，眞的有危險，我咻咻咻咻就把妳救出去啦。這點英雄救美的小事我很在行的啦！」當初烏拉拉嘻皮笑臉地保證，但神谷的油門還是不敢壓得太緊。

漸漸地，雖然神谷開得挺順利的，但態度始終戰戰兢兢，一刻也不敢鬆懈。

烏拉拉兀自自言自語：「不過這樣一來，就不能把別人的招式完整看完、偷學一點東西，之後我的進步就會很有限了。唉，我就是那種自己修煉沒耐性，但很適合在實戰中成長的男子漢喔！很酷吧！」

專注看著前方的神谷根本沒有仔細聽，只是隨便點頭。

「只是那個宮本武藏，我是絕對不想再對上一次了，他打起來像個脾氣很差的瘋子……該怎麼說呢，我覺得他跟我哥哥蠻像的，都有一股霸氣，那股霸氣啊，就是你跟他對上的時候，就會忍不住覺得……天啊，我絕對贏不了這個人！還沒打就先輸一半了。」烏拉拉繼續吃著第十四根巧克力條，滔滔不絕地說：「哼哼，不過我記住了他身上的命格『逢龍遇虎』的味道了，以後遠遠感應到他，就提早閃遠一點好了，不然再打的話，又要砍到我下跪求饒，超難看的。」

烏拉拉才說完，全身寒毛立刻豎了起來。

睡到一半的紳士也霍然抬起頭來。

遠遠的前方，有一個缺乏交通常識、身材高大的男子沿著公路的左邊線道慢慢走……往東京的方向。

熟悉的氣息呢！

烏拉拉趕緊拍拍開車開到滿身大汗的神谷肩膀，忙說：「停車！路邊停車！」

神谷一緊張，雖然是路邊開去，腳卻沒有踩對煞車，而是往油門用力踏下去！

默默走路的男子像是非常投入地在想事情，入了定，竟然沒感覺到汽車以時速一百四十公里的力量接近他。直到人車極為接近的時候，神谷尖叫，烏拉拉跟著大喊：

「快閃開！」

男子這才觸電般往後面看了一眼，但已來不及了。

碰！

汽車撞上了這個男子的背，將男子彈到二十幾公尺遠的地方。

安全氣囊爆了開來，前擋也整個撞凹了，但總算是勉強煞車煞住了。

神谷驚魂未定，但烏拉拉卻迫不及待搖下車窗，對著被撞飛的中年男子高興地大叫：「眞不愧是『逢龍遇虎』啊！上次分開沒多久又讓我遇到你了！」

那個倒在地上慢慢爬起的男人，正是宮本武藏。

由於神谷與烏拉拉並沒有敵意，邊趕路邊思考人生意義的宮本武藏也就毫無察覺有台車子正衝向他，反正「先天刀氣」總是一如往常，像自動防護罩一樣保護他，是以宮本武藏受到高速車撞也只是在公路上跌了個精彩的狗吃屎，並無大礙。

「……」宮本武藏摸摸鼻血，看著車子裡的烏拉拉。

他媽的，這個手下敗將竟然開車撞我！

還笑！

「宮本武藏，你要去東京啊？」烏拉拉向他大叫。

「是又怎樣。」宮本武藏撿起摔在地上的長短雙刀，有點暈。

「你……你用走的？靠，那要走超久的耶！」烏拉拉讚嘆：「眞有毅力。」

「耍這什麼手段，以爲這樣就能贏我嗎？來啊！」

好不容易站好，宮本武藏發出濃濃的殺氣。他心想，這小子老是神不知鬼不覺接近我，到底是什麼能力？簡直比忍者還誇張了……

無照駕駛肇事的神谷努力將安全氣囊消氣，雙掌合十朝宮本武藏的方向拚命道歉。

宮本武藏立刻臉紅，只好點頭示意接受。

「沒啦，我哪敢啊。倒是你去東京要做什麼啊？關西那邊都沒事了嗎？」烏拉拉邊說，邊抓了幾條巧克力丟向宮本武藏，說：「這東西好吃，試試看！」

宮本武藏一把接住這莫名其妙敵人扔過來的食物。

「我接到新的命令，要去東京殺幾個像你這樣的傢伙，有時間的話再把摸上來的洋鬼子全都幹掉。」宮本武藏老實不客氣地說。

他從來不威脅人的，他要幹就直接幹了。

「那……那你還是慢慢走吧！」烏拉拉紅著臉，說：「如你所見我在約會，不載你了。你應該也不想上車吧？啊？」

說完，就讓神谷重新發動引擎，噗噗噗噗離去。

宮本武藏看著汽車離去。

心中有股前所未有的奇妙情緒。

有點奇怪，受了自己那麼猛烈的「雙龍捲風」，就算僥倖不死，現在也該傷到無法動彈才是，可那臭小子還有力氣搞偷襲。

不過比起這個，剛剛怎麼會一點想出手的想法都沒有呢？這才怪了。

邊走邊吃著敵人贈送的巧克力，宮本武藏咀嚼著這異常奇怪的感覺。

總之眞是混帳啊，突然開車撞我、讓我無端端出醜？

最後還讓那臭小子隨便打混一下就走了，簡直就是故意侮辱人。

下次再看到他，一定二話不說就把他砍死！

這時，剛剛那輛前擋壞掉的車子逆向迴轉，直接開到了宮本武藏面前。

緊急煞車，車窗再度搖下。

「對了對了，認眞問你一件事。」烏拉拉滿臉的誠懇。

「啊？請說。」宮本武藏脫口。

「我在找人一起去地下皇城殺徐福，我想說，雖然你也是吸血鬼，但應該跟徐福沒交情吧？像你這麼厲害的人如果可以加入，一定能贏！」烏拉拉直言不諱，還豎起大拇指。

烏拉拉身後，神谷也跟著笑笑拍拍手。

被稱讚了，宮本武藏有點不好意思。只是……

「……我發過誓的，要用我的武藝效忠血族交換永生。男子漢一言既出駟馬難追，抱歉了。」宮本武藏正色道。

烏拉拉一副「原來如此」的表情，說：「ＯＫ、ＯＫ，原本就是我一廂情願啦，你別放在心上。那我先走囉，祝你一路順風。」說著就用力揮揮手。

「慢走。」宮本武藏微微躬身。

無言地，再度看著汽車技巧拙劣地迴轉，揚長而去。

……

心頭一揪，宮本武藏突然操起雙刀，憤恨不平地朝公路轟然一斬。

刀氣縱橫，公路柔腸寸斷。

「混帳！」

第419話

「這場實力懸殊的戰爭，很快就會結束了。」

「？」

漢彌頓閉著眼睛，繼續發表他的見解：「東京遭受這麼猛烈的攻擊，政府提出來的解釋卻十分空洞，現在網路整個被截斷，主流媒體還是被血族控制，人民人心惶惶，恐懼跟憤怒卻沒有出口，在口耳相傳間都是無法證實的謠言，血族再這樣封鎖資訊下去，只要盟軍的總攻擊一開始，日本國內就會引發無法壓制的暴動，內外夾攻，血族很難勝利。」

「或許吧。」宮澤隨口，不以爲然的意思很明顯。

「難道不會是這樣的結果？」

「如果人類有把握的話，總攻擊應該在空襲東京後幾小時就會展開。已經三天了，至今毫無動靜，可見人類大軍的信心沒你想像中的多。」

「怎麼說？」

「打仗，有打措手不及，兵貴神速，一口氣打得敵人睜不開眼。」

「不該這樣嗎？」漢彌頓沒有睜開眼睛。

「在與吸血鬼對壘的漫長歷史中，人類其實是非常保守的族類。現在的對峙就是最好的印證。」

「……的確。」漢彌頓無法反駁。

漢彌頓想起，自己曾多次跨國追捕吸血鬼幫派重要的幹部，但在請求當地秘警協助時，秘警總有說不完的安全考量無法給予充足的協助。其中最常聽到的原因就是：不希望追捕行動造成社會不安！

在許多國家秘警署的考量裡，總有與其和吸血鬼爆發街頭火拚、不如讓吸血鬼偷偷摸摸地宰食人類，來得「不麻煩」的思維。

「表面上人類的聯軍是在等日本內部發生暴動自己瓦解，但其實根本不會。幾千年了，吸血鬼控制日本的政治技術非常成熟，暗自控管社會不安因素的手段更加熟練，就算一夕之間，全日本的活人都發現他們長期都活在吸血鬼奴役陰影下，迸發出來的恐慌也不至於大到難以壓制的地步。」宮澤摸著平日難得一見的雜亂鬍碴：「這點，我相信人類的軍事分析家也知道。」

如果自己現在還在特別V組值勤，一定正忙著製作安定民心的國外假新聞，另一手命令便衣警察進行主要異議份子的逮捕。

這種骯髒事他沒有做習慣的一天，但越做越拿手倒是真的。

宮澤看著在大街上不斷被扔玻璃瓶的鎮暴警察，繼續說著核心的論點：「交戰雙方，敵人如果很冷靜，就算敵人輸了，戰爭的結果也會很平淡，就好像二次世界大戰末期的日本，日本其實有非常長的時間在醞釀失敗的結局，所以最後能以締結條約為雙方做結。」

「有道理。」

「但如果敵人是那種會因爲遭到軍事突擊而陷入歇斯底里的狀況，那麼戰爭的終點就會演變成同歸於盡的局面——當一個國家連自己的人民都不要，一切戰略都是爲了要讓交戰國付出代價，可以想見戰爭會全面失控。爲了避免這種情況發生，就要讓敵人慢慢掌握所有能得到的資訊、甚至判斷情勢，可能的話，讓敵人知難而退，擬訂出敗戰的方針那就最好。」

爲了避免失控，得讓敵人有時間好好想清楚？

這倒是很新鮮的想法，漢彌頓的眼皮顫動。

「所以人類現在在等吸血鬼投降?」漢彌頓失笑。

「這也不盡然,單純的恐懼更有可能。」宮澤冷笑,想起在職位上處理過的幾個國際血貨交涉案件。「人類和平太久了,就算科技力越來越強大,但人類對吸血鬼神秘的力量依然畏懼。能不畏懼嗎?對方可是怪物。美國總統遭到公然刑殺,現在人類社會裡的恐慌一定不亞於屋頂被轟炸的東京。」

漢彌頓一生獵殺吸血鬼無數,正氣凜然睜開眼:「恐懼?總有一天犬儒主義會被拋棄,眞相會赤裸裸呈現在世人面前。終於全世界人類都會發現有吸血鬼的存在,那一天,全人類都會團結在一起,一鼓作氣將吸血鬼殺到一個不剩。」

「我倒是完全不這麼認爲。」

「?」

「你是一個獵人,獵人當久了,就只知道怎麼當一個獵人。」

「請說清楚。」漢彌頓的耳朵跳動。

樓下有聲音。

「正面交鋒,以現今世界的勢力版圖來看,吸血鬼是絕對打不贏人類的。可一旦吸血鬼存在於這個世界上的眞相全部公開了,如果你是一個平凡老百姓,在電視新聞上看到……哇！原來這世界上有吸血鬼！然後呢？」宮澤回憶著在特別V組的檔案室裡看過的秘密處決資料，說：「一開始是覺得不可思議，然後是害怕，再然後，就是非常害怕。」

「……」

「接下來，人民會問：既然政府早就知道有吸血鬼的存在，爲什麼都不告訴我們？爲什麼原來歷史上很多的戰爭都是吸血鬼跟人類火拚造成，可你們告訴我們的是另一套說法？爲什麼有些國家的政府會默許游離人口被裝在貨船上、打包成食物運往日本？我家的小孩去年失蹤了，是不是被住在同一個社區的吸血鬼抓走了？還是遭到政府綁架、打包送給吸血鬼當成交換和平的祭品？」

「你說得對。比起早就做好全面戰鬥準備的獵人，老百姓會先對政府失去信任。」

漢彌頓聽到隔壁再隔壁的房間門打開了，然後是含糊不清的談話。

沒有吸血鬼的氣味，來者似乎是一群人類。

從腳步的輕重與節奏聽來，應是訓練有素的共時步伐，厚底的軍靴。

帶著不大熟練的殺氣，還有淡淡的火藥氣味。

是槍。

「沒錯。以前政府說的都是謊言，現在又說絕對能贏，又怎能相信？人民因爲過度恐懼強烈反對打仗，又不信任政府主戰，於是走上街頭要求恢復和談，最後反而是政府想打也打不了。」

漢彌頓點點頭，說：「原來還有這一層。」

過去漢彌頓認爲，人類政府之所以不與吸血鬼全面開戰，主要原因是吸血鬼近乎一種恐怖的傳染病，要是開戰，吸血鬼咬人也不遮掩了，即便打贏了咬人頗有節制的日本，也會造成難以杜絕的吸血鬼「大規模疾病」。

「如果牙丸無道頭腦冷靜，一定會先打開南京的冰存十庫，接著是台灣。毫無疑問，由實力不足的吸血鬼恐嚇人類的平民老百姓，比花時間跟人類軍隊硬碰硬還要重要。」宮澤非常有自信地說。

只是宮澤自己一方面很有把握，一方面也暗暗感到奇怪……爲什麼自己沒有待在特別V組的情報系統，卻可以感受到大量的、混雜的、甚至機密的資訊從這個城市的各個角落流竄出來？

漢彌頓雖然是世界獵人排行榜第三名的人物，也統御過軍團，但對於政治版圖上的領略，卻遠遠沒有透徹了解日本血族的宮澤來得深入。

「宮澤，那麼依你看，這場戰爭會持續多久？」

漢彌頓將身上的槍械與刀刃扔在床上，用棉被蓋好。

「這個世界已經負荷不了超過一個月的世界大戰，這次不管結局，戰爭都會在一個月內結束。人類如果沒辦法在這一個月內把血族打到垮台，就只有與血族簽署新的和平協定的選項。」宮澤看著漢彌頓做著奇怪的事。

「是嗎？」

「不過，這是指沒有人搗亂的情況下。」

會這麼說，是因爲宮澤感覺到兩大勢力的背後，除了獵命師，還有一股難以形容的「不痛快」鬼鬼祟祟地躲著。而這股「不痛快」大概會等到兩大勢力彼此拖垮對方實力的時候，才會浮現出來。

「……」漢彌頓非常佩服宮澤的論調，果然不愧是當過特別V組的戰略行家。

若能說服此人完全投靠人類的陣營，對接下來的「總攻擊」一定大有幫助。

只是佩服歸佩服，漢彌頓的雙腳依照直覺地站了起來。

「？」宮澤這時才感覺不對。

漢彌頓用手指比了個噤聲的手勢，又指了指門外。

半分鐘後，有人敲門。

漢彌頓沒有應聲，只是靜靜地看著門，將門外的「數量」聽個仔細。

敲門聲繼續，漢彌頓示意宮澤躲到沙發後面，這才一個人打開門。

站在門外的是四個穿著特別軍服的士兵，手裡都拿著沉甸甸的真槍。

「沒看新聞嗎？政府正在進行重點人口保護，怎麼這麼久才開門？」為首的士兵怒目，逕自踏進屋裡東看西看：「這間房只有你一個人嗎？你是旅客嗎？還是在日本定居？護照有沒有？」

漢彌頓一腳攔住，冷冷地問：「……重點人口保護？」

「是！恭喜你們抽中了電腦隨機號碼籤，被列入了重點保護人口，現在要請你們跟我們到外面，搭乘裝甲車到安全的緊急庇護所直到戰爭結束。」肩膀上別著「V」字的士兵大聲嚷嚷，語氣中一點也沒有祝賀的意思。

四個士兵的背後，走廊上還有十幾個被電腦隨機選中的幸運兒。

漢彌頓感覺到，每一層樓都有相同數量的特別V組士兵在「收集幸運兒」，附近一定還有重兵在戒備。也許還是牙丸禁衛軍。

一打起來，要不被發現是不可能的，只能速戰速決快點轉移陣地。

「不用打包了，庇護所裡什麼都有，請快點跟我們走。」一個看起來稍微斯文點的士兵打量著身材高大的漢彌頓，說：「護照跟現金拿著，就可以走了，快！」

漢彌頓點點頭，說：「宮澤。」

「？」四個士兵不解。

一切都很自然，士兵們看著宮澤雙手高高舉起、慢吞吞從沙發後走出來的瞬間，漢彌頓已經從容不迫地來到四人中間。

還來不及露出驚訝的表情，漢彌頓無法捕捉的手刀，輕輕鬆鬆就將四人的頸椎與喉骨斬斷。迅速，確實。俐落的殘忍。

宮澤啞口無言地看著自己的四個爪牙軟癱倒下。

漢彌頓踩著其中一個士兵的背脊走出房間，看著走廊上充滿無助眼神的十幾個「幸運兒」。他們緊緊依偎在一起，用顫抖的手拿著簡便的行李。

只差一點點，幾個鐘頭後他們就會見證地獄的存在。

但這次僥倖被救，下次呢？

下次，很快就會來。

很快很快……

「聽好了，這些士兵都是假的，他們要帶你們去的地方不是你們想像的那樣。回到屋子裡，把門反鎖，遇到有人敲門就停止動作，不要發出一點聲音。」

漢彌頓溫和的語氣裡，自有股奇妙的威嚴：「這幾天哪裡也別去，房子裡的食物要省點吃，戰爭很快就會結束了。」

說完，只是盡了必須說完的義務。

至於這些居民是不是能夠靠自己的力量活下去，眞的很抱歉。

漢彌頓轉過頭，看著宮澤：「宮澤，我沒有辦法帶著一個受我威脅的人一起執行任務。我的背包裡還有剩下份量的解毒劑，你留著吧。無論如何我希望你活下去，並且眞正站在我們這邊。」

「……」

「如果有幸再見面，希望是在人類的陣線。保重了。」

掀開棉被，漢彌頓迅速重新整裝，將槍械與刀刃裝備在身上。等一下在他離開這棟高級公寓之前，也打算一併將其他樓層的特別V組爪牙給清一清，就當作是總攻擊發動前的暖身吧。

宮澤深深吸了一口氣，揹起了裝有解毒劑的背包，若無其事站了起來。

「跟著我走吧，我知道城市電眼的系統邏輯，在總攻擊開始前以盡量不發生戰鬥爲目標，安全地躲到下一個地方吧。」宮澤這麼說，意思很明顯了。

從今以後，他的力量只爲人類所用。

有點感動的漢彌頓正要伸出手握住宮澤時，猛地一驚。

「等等，樓下有動靜。」

來者身手不凡，瞬間就撂倒了正在底下樓層搜捕血族食物的假士兵。

幾乎在同時，漢彌頓完全消除了身上稀薄的氣息。

但功夫高強的來者卻逕自往樓上走來。

被發現了嗎？怎麼可能？

漢彌頓確信自己在過去擔任職業殺手時苦練的「匿蹤消氣法」，是讓自己總能在險局裡全身而退的盜賊法門。後來當了獵人，由於任務需要，平常不戰鬥的時候，自己散發出來的日常鬥氣已經比別的戰士要少太多，若再用上匿蹤消氣法，氣息逼近全無，就連野生動物也感覺不到自己的存在才對。

但功夫高強的來者，卻開始加速，筆直往這裡前進。

「冷靜。」漢彌頓保持心情淡漠，雙手擺開架式，聽覺全開。

來者有兩人，一個腳步飛快，湧著無限精力似地。

另一個……簡直就是被拉著。

「……」宮澤也察覺到氣氛的異樣，撿起地上的手槍，對著門。

來者停下腳步。

雙方只隔了一扇鋼板門。

氣氛凝滯。

「我沒有敵意。」門的另一頭說。

另一個被拉著走的人竟然還在喘氣，一點功夫也沒。

「是嗎？」漢彌頓感應到對方的體溫，兩個人都不是血族。

「我是碰巧經過，感覺到你們身上藏著很厲害的東西，就想來認識一下。」來者的手似乎握住了門把，說：「我要開門了，我會開得很慢，希望你們別胡亂出手才好。」

「……」漢彌頓沒有放下攻擊手勢。

門緩緩打開。

宮澤瞪大眼睛，垂下手中的槍。

「你是……」

那個大鬧東京的小子。

叫「獵命師」是吧？
你我的命運終於結合在一起，就在這即將遭到毀滅的都市。

獅子的驕傲

命格：情緒格

存活：三百年

徵兆：宿主的自信，到了狂妄自大的程度，常常覺得自己是人中龍鳳。這種氣質有時會折服意志力較薄弱的其他人，有時只會讓人討厭。歷史上有許多名將都曾得到「獅子的驕傲」，或自行用人格特質將其他較低等的情緒格命格修煉為「獅子的驕傲」。

特質：越驕傲越能發揮力量，是非常單純的爆發式情緒格。

進化：霸者橫攔

第420話

大海的情勢陷入膠著。
地下皇城的軍事會議如火如荼地進行著。

「需要我去一趟中國嗎？」

服部半藏的聲音，突然出現在地下皇城作戰會議室的角落。
所有血族將領與人類軍官，不約而同看向一個傳統忍者裝束的中年人。
什麼時候來的，怎麼來的，都沒有人發現。
一般時候也就算了，但在場的可都是高手。
「怎麼敢勞動前輩。」阿不思微笑：「神道已有合適的人選。」
雖然掩飾得極好，但阿不思注意到服部半藏的身上有一股受傷的氣味。
能夠讓大忍者服部半藏受傷，可以想見服部半藏自己暗不作聲出了一趟危險的任務。敵人顯然很強，但站在這裡跟自己說話的，畢竟還是服部半藏。

一向恪守規矩的牙丸無道，倒是對服部半藏的行事風格很不以爲然，冷眼說道：

「服部，你究竟自己離棺了多久？」

服部半藏笑嘻嘻地說：「身爲一個忍者，如果還被你們隨便找個地方就埋了起來，豈不是辜負大家的期待？服部我，從來就沒有待過那種臭棺材，這幾百年都在外面晃啊晃的，世界各地陽光曬不到的地方我都去了一下，愉快地生活著呢。」

「現在的情況無法對你做出懲處。這場戰爭很艱難，你最好做足將功折罪的覺悟。」牙丸無道冷冷道。

對於白氏之外的自己人，牙丸無道總是好大的官威。

「是的，總指揮官。」服部半藏沒有收斂笑容。

阿不思看著服部半藏，心中有股說不出的熟悉感。

比起動輒活過數百年的各大吸血鬼，阿不思的資歷淺，根本沒見過服部半藏，奇奇怪怪眞眞假假的傳說倒是聽了好幾簍子。

不過眼前的熟悉感，可不是聽過的那些傳說可以帶來的。

「我在哪裡見過你呢？」阿不思直問。

「在哪裡呢？」服部半藏露出狐狸般狡詐的笑容：「爲了跟大家保持熟悉感，地下皇城我也是經常走動的，不由自主看了很多事，強迫西化啦、侵略中國啦、戰敗投降啦、皇城重新科技化的大工程啦。只是你們既然不打算叫我起床，我也就樂得不打招呼，也就不管事了。」

若非這次人類千刀萬剮了他的棺，又癡想炸掉他的徒子徒孫，服部半藏是不是還會繼續裝傻，實在是難說得緊。

「原來如此。」阿不思心想，以服部半藏的能耐，自由進出皇城只是小菜一碟，也一定曾化作一個尋常職務的牙丸武士遠遠遇見過自己。

不論怎麼說，違背血天皇的命令自行出棺……甚至從未好好躺在裡頭睡覺，可是相當嚴重的罪行，但這種節骨眼上怎麼計較？

於是阿不思又開口：「這樣也好，所有的情勢你都很清楚了，也不必像其他人一樣慢慢讓他們摸索這個世界的新模樣。只是前輩，從現在起還得請你聽命行事囉。」

「沒問題，忍者原本就是效忠主人的狗。不過阿不思，妳很強呢……多年來我在皇城自由走動，這還是我第一次這麼靠近妳。我猜太接近妳的話，一定會被妳發現不對勁的吧。」服部半藏微笑。

阿不思嘖嘖：「原來是味道的熟悉感啊。」

招呼算是打過了，現在得進入正題。

現在可是核子武器的時代，血族與人類都面臨了生死存亡的關鍵。

「東京現在來了很多怪物，可不是我一個人可以應付的。」服部半藏認眞說道：「就算是城市管理人也一定無暇照會所有的變亂因素，剛剛醒來的弁慶跟平教經最好可以快點進入狀況。」

「在路上了，從北海道空運急件快遞過來的凶神惡煞呢。」阿不思心想，東京是眞的來了很多怪物，甚至剛剛還跟上官簡短通了一下電話呢，那個自命不凡的傢伙顯然需要練習一下說話的禮貌。

下次若見面，認眞教教他好了。

幾個年輕的白氏貴族聽著他們的對話，靜靜地思考即刻加入戰局的可能性。

白響與白刑等人做了這麼多年的幻戰訓練，怎麼也不想輸給弁慶跟平教經那種只靠暴力的大塊頭。那幾個小伙子躍躍欲試的心情，觸動了服部半藏的心思，服部半藏往白氏貴族那方向看了一眼。

雙方禮貌地點了點頭。

要知道，服部半藏在白氏貴族的心目中，也是很特別的存在。

「對了，差點忘了說，妳養了一隻叫宮澤的老鼠，他搞窩裡反，帶了一隊很不錯的老鼠想爆掉冰存十庫的忍者洞……」服部半藏舔著食指與拇指間的傷口，回憶著與黑天使的精彩死鬥。

「原來如此，難怪一直找不到人。」阿不思倒不吃驚，淡淡問：「結果呢？」

「結果那群老鼠被我解決了大部分，不過最後還是讓宮澤跟另一隻老鼠給逃了。不過啊，我順手叫醒了那一萬個徒子徒孫，他們可餓著呢，我看不如開放半個東京讓他們飽餐一頓吧？」

阿不思笑了。

知道宮澤還活著，心情不禁大好。

「比起那些缺乏運動的食物，有種更高級的料理。」

「喔？」

「我們的戰艦是打不過人類的，但如果你能帶著你的徒子徒孫攻上第七艦隊，就可以避開科技戰，改用肉搏戰逆轉戰局。」

「妳是說，欺騙雷達的忍術嗎？」服部半藏莞爾。

「能做到嗎？」牙丸無道瞥眼。

「如果有『那個最接近神的男人』的幫忙……或許可以吧。」

服部半藏也不敢保證。

此時等候已久的加密通訊，總算接上了。

阿不思對著螢幕上，久違的那張臉。

要知道，當初牙丸千軍領著阿不思與神道成員「用過招取代打招呼」的過程中，「那張臉」給阿不思吃的苦頭，要遠遠超過其他神道情報員。

「我們需要一支牽制中國的後方部隊，這個任務就交給妳了。」阿不思說。

「是。」那張臉充滿了冷酷的自信。

「啓動後大概需要一段時間組織，才能重新當作是可運用的兵力，但我們的時間沒那麼多，得製造些動亂讓中國當局窮於應付。妳知道該怎麼做。」

那張臉的眼神，沒有一點疑惑。

「了解。」

命令下達。

美國第七艦隊即將發動總攻擊的前夕。

一個血族的傳奇英雄，以最快的速度抵達這個距離中國實質上的經濟首都，上海，僅有三百公里的吸血鬼沉睡之城——

南京。

第421話

南京，歷經過中國近代史上最苦難的一頁。

一九三七年，二次世界大戰爆發前兩年，日本正式入侵中國。

中日雙方在上海及周邊地區展開大會戰，歷經三個月死傷慘重的苦鬥，日軍佔領上海，中國國民黨軍隊潰退到南京，並承受日本軍隊對南京的全線進攻。

實力懸殊。

不過一個月，中國軍隊再度棄守敗走，日軍陸軍第十軍團終於攻破了南京。

在大將松井石根的授意下，陷入瘋狂的日軍在這個悲慘的城市裡屠殺了四十萬人，姦淫擄掠，血腥殘酷到任何人都無法忍受。

史稱「南京大屠殺」。

屠殺了四十萬人，但被埋進萬人塚的，卻是四十萬具乾癟蒼白的屍體。

大量的血液被冷凍封存進特殊的藥瓶裡當作「乾糧」，提供只在夜間行動的吸血鬼部隊食用，維持強大的暗黑作戰能力，而南京也成爲供輸血液的轉運站，不斷從各地運入新取得的新鮮血液、再向各地作戰的血族部隊輸出加封過的血液包。

在戰爭接近尾聲時，這些不斷增加、不斷減少的冷凍血液數量還剩下很多。

「是嗎？別忘了我們還有隨時進出中國的打算。」

來自日本地下皇城的指示。

當日軍從中國撤退之際，表面上極爲狼狽，但爲了往後的大規模戰爭的偷襲需要，節節敗退的日軍暗中在南京城裡興建了巨大的地底城，讓一萬名牙丸武士精銳沉睡在裡面，而那些加了藥劑的冷凍血液，也成了這幾十年維繫戰士們睡眠狀態的食物。

是爲境外冰存十庫之一。

這個可怕的秘密，只有非常少數的高級軍官才知道。

第422話

神道，銀荷。

曾經目睹這個密埋的地下鬼城興建過程的銀荷，最適合這個任務。

說起來，當年南京城破，若沒有銀荷，恐怕還得延宕數月。

據國民政府不對外公開的軍事紀錄「淞滬會戰戰情報告」中，寫到當年國民黨軍與日本十軍團隔著一條江打得僵持不下時，曾有一晚，有半數將士親眼目睹無法解釋的「奇觀」！

我發誓這是眞的，大概有幾百顆大鐵球從敵人那邊滾過來，轟隆隆的好嚇人啊！怎辦？開槍也沒用啊！大家只有躲啊躲的，互相踩死了很多弟兄，眞慘啊！

第三十八頁，生還者章天明說道。

打仗嘛，什麼槍林彈雨沒遇過？可就沒看過那種嚇死人的聲勢！幸虧我逃得快，只被鐵球輾過一條腿，但立刻就痛得不省人事。醒來後我的腿表面上看起來沒事，但一點知覺都沒有，醫生也不曉得爲什麼……

第三十九頁，生還者王強這麼說。

太可怕了，日本人怎麼有辦法隔江把這麼大的鐵球扔了過來？太多人來不及跑，就被碾成肉醬了！什麼？你說沒有那種屍體？你問我我也不知道啊！大家都是親眼所見，我們活下來的人絕對不可能串通起來胡說八道吧！

第四十四頁，生還者林篤知如此說。

這場無法搬上歷史正頁的「大鐵球奇襲」重創了國民黨軍隊，一夜死傷千人。隔了七天，幾百顆大鐵球再度破江而來，是夜又「輾斃」千人。

但不管目擊者怎麼繪聲繪影，隔天就是找不到大鐵球的蹤跡，就連理所當然應該留在地上的滾動痕跡都沒有。

更邪門的是，那死去的百人千人士兵的屍體模樣，也不是被碾到肚破腸流，而是驚嚇致死，抑或是在陷入恐慌時互相踐踏而死……

離奇的「大鐵球奇襲傳說」壓垮了國民黨軍隊，再這樣下去恐怕會全軍覆沒，在無法得到合理解釋的情況下，國民黨軍隊只好全面往後撤退。

不日，南京潰守。

大屠殺。

第423話

而這一個血族二戰英雄，不需要偽裝，也不需要偷偷摸摸，就在晚上十點，銀荷駕車來到市中心一棟商業大樓的地下停車場。

距離下班時間已久，停車場裡的車幾乎全走光，監視器也全部關閉。

在血族的資金挹注下，南京這整片辦公大樓的區域都經由各個房屋仲介公司陸續買下，再分租給各中小企業，有出版社、小工廠、倉庫、家具店等，表面上營運正常，但電力使用卻比南京其他區域要高出三倍。沒人抗議，當局也就完全不以為意。

循著幾十年前的記憶，銀荷觸動了塵封已久的開關。

停車場後方的暗門緩緩打開，露出一道暗紅色的石牆。

不知情的人若不意觸動了機關、打開了暗門，看見了這道毫無特殊的石牆，也只會以為是純粹的設計錯誤。因為這道結實的石牆有八百公斤重，厚達五十公分，除非用炸藥，否則怎麼推也推不動。

「……」

銀荷單手按著年代久遠的石牆，手上暴起青筋。

不同於養尊處優的白氏，隸屬神道的成員在牙丸千軍的訓練下，肉體能力強化到與一流的牙丸戰士不相上下，可說是身心俱技的最佳代表。

一股熱氣從銀荷嘴角吐出。

沉悶的裂動聲中，石牆緩緩向後移動，露出人間與地獄之間的通道。

一萬名吸血鬼大軍即將從傳說裡衝向現實。

這個世界上，就再沒有秘密了……

百應賭咒

命格：情緒格

存活：五百年

徵兆：對天發誓沒有偷媽媽的錢、如果偷錢就被雷劈——結果一走出門雷就劈了下來！對著老婆説帶秘書去汽車旅館真的只是尿急一時找不到廁所、一尿兩個小時是因為拉肚子，如果説謊小雞雞就會爆炸——結果？還有什麼好結果的，就爆啦！

特質：吃食宿主的誓言能量，轉化成應咒的效果而成長。宿主越是激動、越是信誓旦旦，賭咒的負面能量就越強大。是相當恐怖的命格，基本上是為了反咬宿主一口而存在。如果宿主將誓言説成一種不確定的未來式語言，如：「如果我明天沒有考一百分，隕石就會掉在學校操場！」這一類並非唬爛説謊的句子，則不會產生效力。

進化：聲聲誓誓

第424話

第一個發現異狀的，是正在新世紀大飯店擔任夜班櫃台服務員的小張。

晚上十二點整，十幾個穿著陳舊日軍土黃色軍服的中年男子魚貫通過飯店的旋轉門，臉色蒼白地走了進來，前後有序，抬頭挺胸。

小張看著這些「日軍」的打扮，心中不禁有氣。

這是cosplay吧？大半夜的這些過時的大叔搞這什麼cosplay？

重點是，什麼角色不好裝，偏偏要打扮得像二次大戰時的日本士兵？

這裡可是排日運動最激烈的南京，打扮成這副模樣不是故意惹人討厭嗎？

這群日軍打扮的男子渾不理會其他服務員的招呼，逕自分散開來，有的往飯店的樓梯走上去，有的走向大廳，有的則迷惘地看著飯店電梯，跟著深夜歸來的旅客走了進去。

其中只有一個男子走到櫃台前，大概是要幫同伴訂房間的吧。

「……」這個日軍打扮的男子，歪頭斜腦地打量著小張。

「先生是要住宿嗎？」小張擠出訓練有素的微笑，聞到一股難以言喻的臭味。

這股臭味，像是一種肉類腐敗的氣味……不，還要更古怪。

突然坐在飯店大廳看報紙的客人發出慘叫，小張反射性看了過去。

只見一個日軍打扮的男子大口咬著那位客人的脖子，鮮血極不真實地噴了出來，大半湧進了那位怪男子的喉嚨裡。那客人拚命掙扎、手舞足蹈，卻無法掙脫行兇者的「捕食」。

小張大駭，正想按下櫃台上的警鈴時，站在面前的古怪男子像一頭獵犬衝過櫃台桌子，閃電咬住了小張的氣管。

「唔！」

小張完全無法相信自己遇到了什麼，只是本能地用力推、推……

意識陷入黑暗前，飯店裡四處都爆開了尖叫。

新世紀飯店外的街道，生鏽的刺刀霍霍，響起了軍靴踏地的震震隆隆……

這個城區每一條街，都在上演接近屠殺的大規模獵食秀。

銀荷坐在鮮血淋漓的地方警局裡，監聽著開始忙碌的警用頻道。

警察不算什麼，也不需要自己出手。

估計眞正難纏的解放軍部隊，會在「爆發」後的兩小時左右開進南京，也許還會有世界上七大獵人團之一的「中國龍」尬上一腳……他們有強大的軍火，各式各樣現代化的槍砲刀械。

那樣實在是太好了。

「兩個小時的黃金侵略時間，倒數計時。」

這裡是大飯店最集中的地區，人口稠密，距離天亮還有四個小時，距離頑強抵抗卻只剩兩個小時。銀荷要求這些剛剛甦醒的鬼兵每半個小時都要有確切的佔領進度，務必要在解放軍警覺之前製造出幾萬個渾渾噩噩的血族殭屍，幫忙擋子彈、分散注意力。

再來，就是從那些解放軍與獵人團塞滿大街小巷的屍體上，直接奪取現成的現代化武器，重新將這一萬個太久沒打過仗的吸血鬼打造成一支強大的侵略軍隊，佔據南京、佯攻上海，牽制中國對外出兵的軍力。

銀荷攤開南京市地圖，聽取部下最新的佔領情報，將淪陷的地區用用紅筆圈起來。

紅筆越圈越多，距離兩個小時的預定期限也越來越近。

一向冷靜行事的銀荷，也不由自主心跳加速起來。

幾十年的和平了，自己的戰鬥能力等同被強制封印……

現在，終於可以肆無忌憚地將改造過的招式傾瀉出來了。

第425話

「這些穿著軍服的吸血鬼，到底是怎麼回事啊？」

年輕的獵命師韓雨晴，嫌惡地甩了甩手上的血漬。

「不簡單啊，這些吸血鬼比我們之前宰掉的那些小嘍囉都還要強，看來真的是軍隊等級的。」獵命師軒愷抽著菸，手裡還拿著一大杯啤酒：「有大事正在發生。」

酒吧裡橫七豎八的吸血鬼屍體，支離破碎的，全都是韓雨晴與軒愷的傑作。

這兩個在南京同居的獵命師，一個修煉火炎咒，一個修煉斷金咒，算不上超級高手，卻也是南京吸血鬼聞風喪膽的狠角色。這幾年動的手少了，可說脫離打打殺殺的人生已經很久。

今天半夜在酒吧裡飲酒作樂，突然碰上了一大群吸血鬼襲擊酒吧的怪事，他們雖然幫忙酒客們幹掉了來襲者，可那些酒客都慌亂地衝上大街……下場可想而知。

兩個獵命師走到酒吧外，順手又撂倒了幾個不長眼的吸血鬼。

「到底來了幾個啊？到處都有人在叫救命。」韓雨晴皺眉。

「……」軒愷看著用血塗寫在手臂上的斷金咒，覺得有點陌生。

此時聽到遠方傳來綿密的砲火轟隆，以及坦克的柴油引擎轉動聲。

解放軍再怎麼慢，也該來了。

「怎辦？這件事要管嗎？」軒愷雙手插腰：「靈貓都在家裡沒帶著呢。」

「遇上吸血鬼作亂，那還有什麼好說的？就幫一幫解放軍吧。」韓雨晴捏了捏拳頭，說：「單憑我們聯手，就算沒用上命格也對付得了這些雜魚，天亮了再回家取貓吧。」

「妳說什麼就什麼了。」軒愷看向砲火聲最密集的西方。

兩個人騎著重型機車，用最高速衝了過去。

一路上怵目驚心的畫面衝擊進兩人的眼底，可以預料到再過不久，那些被咬死倒地的屍體，全都會變成這城市下一波更大的劫難。

「火炎咒——百彈槍火！」

坐在後座的韓雨晴，用右手食指做出手槍狀，不斷擊發出高熱火焰壓縮而成的火彈，盡量朝那些尚未感染完全的屍體射去。

「屍體」著火，發出古怪的吼聲，燒掉一具是一具。

「省著點，等一下可有硬仗。」軒愷催緊油門，好意提醒：「只是對付剛剛復活的殭屍的話，解放軍綽綽有餘。」

「你管我？」韓雨晴繼續狂射火彈，說：「平常哪有機會玩這種呢！」

並肩作戰已久，不需多費溝通，兩人一見到解放軍裝甲部隊的蹤跡，便將重型機車放倒在路邊，沿著高樓陽台快速翻上城市屋頂，從高制下，採取暗中掩護的姿態。

「還沒看到中國龍獵人團的旗幟。」韓雨晴在屋頂上快跑。

「到底還是解放軍快了一些？領國家薪水的嘛！」軒愷跟在後頭，忽然看見遠方也有三個人影同樣在城市上空飛奔著，與自己的路線平行。

對方也注意到了，雙方人馬慢慢靠近，原來都是打過幾次照面的獵命師。

「記得嗎？我是葉大瑞，住城西的，見過一次面的。」那跑得最快的獵命師自我介紹的時候，刻意用手指擦了擦，發出紅色的火花，提醒對方自己也是修煉火炎咒的。

韓雨晴點點頭，也用手指擦了擦火回應。

「我宏維，她叫虹均，剛剛被吸血鬼吵到睡不著覺哩。」另外兩個年紀輕輕的獵命師正好帶著靈貓，邊跑邊說：「我們練的是大風咒跟聽木咒，不過都還練不上道，請前輩們多多包涵。」

「我軒愷，我的愛人韓雨晴，斷金咒跟火炎咒。」軒愷看到有同伴加入，信心大增說：「看來大家有志一同，很好很好。」

五個獵命師放慢腳步，居高臨下觀察著戰局。

一見敵人就衝下去聯手把對方幹掉，把街清光後，旋即飛身上樓繼續往前推進，是最聰明又保守的打法。

原本解放軍火力強大，在短暫的巷戰中不斷擊退來犯的吸血鬼部隊。

但甫遭到攻擊的日軍吸血鬼部隊突然往後狂撤，撤的速度快得不正常，像是刻意讓開了大路。

快速獲得第一場勝利的解放軍並不躁進，而是慢慢地整軍推進，裝甲車跟坦克在前方開路，步兵在後面持槍戒備著，顯然也有所懷疑。

「撤得太快了吧？」連經驗最淺的宏維都起了疑竇。

「對方一定有陰謀，多半在前方設下了陷阱？」軒愷皺眉。

「別瞎猜，讓我用命格測看看——『前車之見』！」葉大瑞運化起命格的能量，專心致志地尋找前方十公里可疑的敵軍。

片刻後，葉大瑞睜開眼睛：「沒有陷阱，是真在撤退。」

「？」韓雨晴還是不信。

「不過，對方來了一個人，速度很快往這邊衝來。」葉大瑞摩拳擦掌，笑笑說：「應該是很有自信的大將吧？咱們就讓他吃吃苦頭。」

只有一個人？眾獵命師不禁笑了出來。

敵人越來越近。

「單槍匹馬，有膽識，就讓我用瞬間死亡向你致敬吧。」韓雨晴感覺到了那股正在逼向己方的敵氣，用火炎咒拉起了一道灼熱的火弓，瞄準著敵人來襲的方向，瞇起眼，喃喃道：「火炎咒，千里穿心火……」

「這一招啊……」葉大瑞有樣學樣，左右手拉起了高熱火弓，瞄準同樣方向。

突然，才剛剛進入肉眼可見範圍內的敵人停住了。

是個女人，銀荷。

「中！」韓雨晴火箭射出。

「中！」葉大瑞火箭射出。

銀荷面露訝異，兩道射向自己的火箭精準無比，能量強大。

「討厭。」

不擅長硬碰硬，銀荷往旁竄出，躲開了爆炸性的兩箭。

轟隆！

剛剛銀荷落腳的屋頂被熱烈四射的火炎咒燒出了一個大洞，黑煙亂竄。

「……」銀荷冷笑，拍掉燒在手臂上的火。

韓雨晴用力拍拍手，像是嘲諷著銀荷剛剛的判斷正確。

「在眞正動手前，告訴我們，爲什麼又要發動戰爭？」葉大瑞朗聲問道。

銀荷集中腦力。

腦波以超越光速的速度，瞬間與方圓一公里內的任何大腦做出強制連結。

「眞正動手前？不管你們是何方神聖，你們已經錯過了唯一殺我的機會。」

銀荷目露白光，這個肉眼可見的距離正是自己發動幻殺能力的條件範圍。

「凡所見，皆可殺！」

銀荷的手指指向天空：「鐵雨。」

順著銀荷的手勢，站在屋頂對面的五個獵命師不約而同稍微仰起了脖子。

「能接住嗎？」銀荷輕蔑地冷笑。

？

上百顆超級巨大的黑色鐵球，像暴雨從高空猛烈砸下！

這種招式！

這種已經無法稱爲招式的——軍事攻擊！

「怎麼回事？」葉大瑞大駭。

鐵球暴雨逼近！

離地三百公尺！

幻術侵入底下的解放軍軍隊的數百顆大腦，此時也抬起頭。目瞪口呆，面面相覷。

離地兩百公尺！

離地一百公尺！

「斷金咒，霸力殺！」軒愷避無可避，只能運起最強的功力來個硬碰硬！

「火炎咒……火炎咒？火炎掌？千里穿心……」韓雨晴說是這麼說，但完全就傻了眼，不知道自己還有什麼功夫能招架得了這種雷霆萬鈞的軍事空襲！

「大風咒！大風咒！」宏維焦急大喊，感受到超強烈的風壓襲頂而來。

「聽木咒！土吞土吞……」虹均慌慌張張在地上劃起咒界。

無法逃避，零公尺。

咚？咚？咚？咚？咚？咚？咚？咚？咚？咚？咚？咚？咚？咚？咚？咚？咚？咚？咚？
咚？咚？咚？咚？咚？咚？咚？咚？咚？咚？咚？咚？咚？咚？咚？咚？咚？咚？咚？
咚？咚？咚？咚？咚？咚？咚？咚？咚？咚？咚？咚？咚？咚？咚？咚？咚？咚？咚？
咚？咚？咚？咚？咚？咚？咚？咚？咚？咚？咚？咚？咚？咚？咚？咚？咚？咚？咚？
咚？咚？咚？咚？咚？咚？咚？咚？咚？咚？咚？咚？咚？咚？咚？咚？咚？咚？咚？
咚？咚？咚？咚？咚？咚？咚？咚？咚？咚？咚？咚？咚？咚？咚？咚？咚？咚？咚？
咚？咚？咚？咚？咚？咚？咚？咚？咚？咚？咚？咚？咚？咚？咚？咚？咚？咚？咚？
咚？咚？咚？咚？咚？咚？咚？咚？咚？咚？咚？咚？咚？咚？咚？咚？咚？咚？咚？
咚？咚？咚？咚？咚？咚？咚？咚？咚？咚？咚？咚？咚？咚？咚？咚？咚？咚？咚？
咚？咚？咚？咚？咚？咚？咚？咚？咚？咚？咚？咚？咚？咚？咚？咚？咚？咚？咚？
咚？咚？咚？咚？咚？咚？咚？咚？咚？咚？咚？咚？咚？咚？咚？咚？咚？咚？咚？
咚？咚？咚？咚？咚？咚？咚？咚？咚？咚？咚？咚？咚？咚？咚？咚？咚？咚？咚？
咚？咚？咚？咚？咚？咚？咚？咚？咚？咚？咚？咚？咚？咚？咚？咚？咚？咚？咚？
咚？咚？咚？咚？咚？咚？咚？咚？咚？咚？咚？咚？咚？咚？咚？咚？咚？咚？咚？
咚？咚？咚？咚？咚？咚？咚？咚？咚？咚？咚？咚？咚？咚？咚？咚？咚？咚？咚？

軒愷解除了斷金咒的身體，在地上摔成了一團稀巴爛。
銀荷轉身。
「很遺憾。我一個晚上的幻殺限額是……十萬顆。」

是夜，南京被奪。

鱷魚的眼淚

命格：情緒格

存活：一百五十年

徵兆：假惺惺，幹就是在說你啦！明明就是看別人挫折失敗想鼓掌，卻還是假情假意地想扶人家起來，只為了近距離欣賞別人痛苦的表情。許多學校裡成績好的學生都有這種命格，標準症頭就是拿著一百分的考卷問別人考了幾分。

特質：爛人。

進化：惡魔的酒窩

第426章

Z組織的陰謀，正隨著戰爭氣氛的節節升高，巧妙地滲化進人類的陣營裡。

背後的棋手，有著卓越的聰明，與邪惡。

凱因斯瞪著空蕩蕩的石棺材，已經好久好久了。

難得地，他很失望。

空棺並非不在意料之中的幾個可能之一，但眞的是空棺，還是教人心癢難搔。

這麼說起來，既然逮不到「那個人」，就表示這次的戰爭可以跟「那個人」鬥一鬥囉？

也好，在樂眠七棺裡，就只有「那個人」的等級跟其他人不一樣。

完全不能相提並論。

與他爲敵，那就是戰爭的規模，不再是單打獨鬥的比武過招。

風險很大，遊戲的品質也相對提高。

但，現在要怎麼平息心中那股鬱鬱不樂的失望感？

現在的東瀛吸血鬼，大概被大海上的人類聯軍搞得壓力很大，居然用最快的速度打開了位於南京的冰存十庫，一夜之間殺得南京變成了鬼城。原本即刻就要出兵增援美國第七艦隊的中國海軍，也因此被逼得暫令不發了，目前以全軍力剿滅佔領南京城的吸血鬼爲主要任務。

這麼貨眞價實地釋放吸血鬼到人類的土地上作亂，等於是向人類的平民世界開誠佈公魔物的存在，這可不是一般的計策。

——而是完全地梭哈了。

「眞是一連串的意外啊……」凱因斯喃喃自語：「跟我原本的想像不一樣，那些吸血鬼的膽子比我想像的要大，大很多啊。」

自己，竟然慢了一手。

那就是要趕進度的意思囉？

一直以來，Z組織的研究部門就對吸血鬼不斷進行奇奇怪怪的活體實驗。

身處不受任何國家管轄的深海底，比起日本七三一部隊在中國東北惡搞的一大堆活體實驗，Z組織在吸血鬼身上亂幹的實驗更勝一籌。

例如低溫急速冷凍吸血鬼的軀幹，再直接切掉壞死的軀幹，好研究肌肉裡細胞的活性。

例如將不同種類的高劑量麻醉劑藥彈，射向吸血鬼的身體各部位，看看哪一種藥性在吸血鬼的體內發作最迅速、最低劑量又是多少、成爲吸血鬼的時間長短是否與麻醉成功所需的最低劑量呈現相關？

例如將各種致命的細菌與病毒注射進免疫系統超強的吸血鬼體內，看看會發生什麼事，想辦法培養出連吸血鬼也不敵的新疾病——這點相當困難，畢竟吸血鬼的免疫系統實在是太強悍了，除非是碰上了銀，否則牙管毒素的能耐強得不可思議。但在身體抵抗外來病毒的過程中，那些吸血鬼可是痛苦得想自殺。

又比如將吸血鬼體內的重要臟器切除，比如腎臟，比如肝臟，比如胃，看看少了哪個臟器，吸血鬼的生命狀態又會產生哪些改變、改變的速度又是如何。

還有用放射線不斷照射吸血鬼，迫使吸血鬼的基因與細胞產生突變，看看不同波長、不同強度的放射線各自又有什麼差異。這個實驗製造出相當多畸型的吸血鬼，他們的照片比任何一部恐怖電影裡的怪物都還要讓人想吐。

有一個實驗極爲變態，即是命令第三種人類與吸血鬼交配，看看有沒有可能產生奇怪的異種。或是強制對吸血鬼進行不可思議的基因實驗，試圖將吸血鬼改造成第三種人類……目前爲止都失敗了，還有賴杜克博士在泯滅良心後，爲Z組織想出更有創意的雜交機制。

有些則根本毫無意義，不過以實驗之名行虐待之實。

……例如將吸血鬼鎖進高壓艙，再不斷增加艙內壓力，看看什麼壓力值會令吸血鬼會眼球爆出、什麼壓力值會耳朵爆血、什麼時候腸子會從肛門噴出等等。又例如用焊槍燒灼吸血鬼特定的部位，聽聽看燒到哪裡慘叫聲就越大。又例如活體解剖……這一點用任何醫學觀點來看，都是極度無意義的。

更多的則是戰鬥測試。

戰鬥測試可不是將吸血鬼綁在鐵椿上、再用各種武器攻擊吸血鬼看看效果，而是將素質不錯的一群吸血鬼扔到一個大廣場，再令幾個改造成功的「第三種人類戰士」到裡面進行戰術演練。

所謂的戰術演練，有集體的肉搏攻防，有以少勝多的兵器操演，也有以一挑多的英雄強度測試——藉此挑選出Z組織的戰鬥英雄。

當初能夠入選圍殺牙丸千軍的斬鐵一百人，就是從這個殺人競賽裡脫穎而出的佼佼者。

由於毫無道德、不受人類世界的約束，許多實驗的成果飛快地加速Z組織對吸血鬼的理解，並將許多珍貴的基因實驗數據與結果彙集起來，最後都成了「第三種人類」誕生的一部分。

但大部分的研究成果對這個世界一點都沒有好處，只是滿足凱因斯個人的喜好。

其中有一種令凱因斯拍案叫絕、提出來對任何勢力都沒有助益的爛研究，叫「瘋狂激素引爆計畫」。

第427章

計畫的起因這樣的。

要用細菌戰屠殺人類，那實在太簡單了。人類畢竟是上帝脆弱的劣作。

但要「發明」足以毀滅吸血鬼的大瘟疫，那就大大不容易，吸血鬼的免疫系統眞的是無與倫比地超強，牙管毒素的自癒性要遠超過Z組織的想像，只有確實地施放足以遮蔽天空的霧銀毒氣方能一口氣殺掉許多吸血鬼，可沒有辦法弄出具有傳染性的疾病讓吸血鬼大滅絕。

但轉個方向想，病毒殺不死吸血鬼，還有一個可以令吸血鬼消失的方法——利用牙管毒素每隔一個世代就會微幅突變的特性，把吸血鬼搞得不像吸血鬼！

也就是，突變吸血鬼。

只是這個研究並沒有眞正成功，因爲吸血鬼已經存在了上萬年，算是人類的先祖，基因沒有那麼容易大規模突變。

可是實驗產生了愉快的意外。

研究人員發現有好幾管激素會令吸血鬼陷入瘋狂、精神崩潰。有的藥性短、爆發力強。有的藥性雖然遲緩、卻能持續好幾個月。有的藥性可以讓血液被吸乾的「殭屍」變成快速奔跑的瘋狗。有的藥性能夠讓吸血鬼連同類都照咬不誤。有的藥性強到可以將吸血鬼的大腦溶成一團漿糊、無所畏懼。

更妙的是，即使瘋狂激素無法摧毀牙管毒素、卻可以藉著牙管毒素的感染機制，傳染給下一個喉嚨被咬開的人類——這樣製造出來的狂亂吸血鬼，就連吸血鬼族群也不會認同的！

在幾個小時前，少了「社會常識」的杜克博士用很慌亂的語氣告訴海因斯：「停停停！我很快看過了，這個瘋狂激素實驗計畫不能再繼續下去，幾個世代後，激素遲早會從中樞神經系統裡改變牙管毒素的基因排序，你會製造出沒有辦法逆轉的新演化！」

「新演化？」

「對！到時候新的吸血鬼不只是會瘋狂而已，遲早會變得……不一樣！我們現在好不容易快接近研發出逆轉牙管毒素的解藥，可以將所有的吸血鬼回歸成人類，但如果是注射了瘋狂激素的吸血鬼，那很可能就沒辦法……他們太不穩定了！如果瘋狂激素爆發成疫情，到最後真的只有第三種人類可以抵擋得住，人類就沒有選擇了！」

杜克博士用很慌亂、激動、恐懼的語氣，說著讓海因斯深感興奮的事。新演化？聽起來眞是恐怖到了極點啊。

到底哪一種瘋狂激素，會在物競天擇下存活下來，成爲新的野獸呢？

「這可是研究室裡無法製造的惡魔實驗啊！」海因斯心癢難搔。

是，東瀛吸血鬼已經豁出去幹了，他們在「賭」人類社會陷入恐慌後，廣大群眾並不會繼續支持侵日計畫，而是壓迫人類政府採取和談的策略。

只是，中國官方控制媒體的本事，可不比日本吸血鬼差多少，如果吸血鬼只是在南京暴亂，遲早會被「中國龍獵人團」與解放軍聯手鎭壓下來。

不如，幫他們一把吧？

凱因斯突發奇想，下令：「聽好，將那幾百個沒有標記的吸血鬼再打一次藥，在兩個小時內放他們到紐約街上去玩一玩，幫那些天眞的人類上一堂……什麼叫惡夢實現的課。」

「是！」

玉石俱焚

命格：集體格

存活：三百年

徵兆：老是向好友嚷著乾脆一起自殺算了，或是在自殺網站上徵人一起燒炭，但就是不肯一個人好好幹掉自己。宿主性格有天生「責怪他人」的毛病——就算自己有錯，別人也脫不了干係。更何況不想活了的狀態，整個社會在其坎坷的生命史中都得負上一份責任似地。

特質：在慾望得不到滿足時，強烈的控訴感將支配宿主的精神意志，求生的本能將徹底反轉，變成自我毀滅的傾向——而毀滅的力量，將牢牢抱著敵手共赴黃泉。恨意越強，力量越強，若只是放棄自己，而對敵人的恨意不夠，命格的能量也會大大降幅。

進化：黑帝斯的詛咒

第428話

南京一夜鬼城。

僅僅三天，紐約曼哈頓也變成了歷史。

八百多個餓了超過三個月的吸血鬼完全喪失了理智，身體機能原本已退化成殭屍等級，但在Z組織各式各樣的瘋狂激素催化下，這些吸血殭屍開始大暴走，在紐約街頭橫衝直撞，咬開活人的喉嚨，狼吞虎嚥鮮濃的血液。

瘋狂激素加快了吸血鬼牙管毒素的濃度、與感染的效率，更順著傷口，與牙管毒素一起侵入宿主的血液與淋巴系統，正常的人類被這些暴走的吸血殭屍咬到，二十分鐘內就會被拉進黑暗的領域。

與其說是變成吸血鬼，不如說是變成吸血的野獸。

「等等，這不是眞的吧！別靠過來啊！」還沒被咬的人不要命地狂奔。

「剛剛那一幕拍下來了沒有？別忙著逃啊！這裡還有！」記者也瘋狂了。

「再過來我要開槍了！我數到三……操！去死吧！去死吧！去死吧！」警察，黑幫，跟任何一個家裡有槍的人在事發後幾個小時內都將子彈打光光。

八百，隨後以等比級數的速度擴大成無法計算的數字。

警察系統在事發三個小時內就崩潰。

軍隊進駐的時候已經來不及了，反而踏入了泥沼。

紐約多的是人，擁有所有的階級。

白人，黑人，黃種人，拉丁人，有錢的人，沒錢的人，不需要自己開車門的人，交通工具是滑板的人，手機一直貼著耳朵的人，每頓中餐都吃攤販熱狗的人，靠著恐嚇比自己弱小的人過活的人，心情誓死跟隨股市曲線上上下下的人……

很快地，這個城市只剩下兩個階級。

剛剛被咬的。

以及……

立刻就會被咬的。

曼哈頓地區最爲恐怖，街頭已變成B級恐怖片的場景，黑掉的血漿是強迫流行的色調。到處都是吸血鬼佔領的區域，中央公園裡到處堆滿即將感染成吸血鬼的半人半屍，時報廣場上撞癱了忙著逃竄的幾百輛汽車，火煙四起，無人理會。

麥迪遜花園廣場裡尼克隊與湖人隊的球賽進行到一半，從女性洗手間一路感染出來的大批瘋狂吸血鬼，用最快的速度咬死了滿場的觀眾，咬死的咬死，踩死的踩死，連球星也無法倖免。

下水道裡嗚咽著無法辨認自己命運的殭屍。

喪失理智對那些可悲的人類來說也許是一種幸運，因爲瘋狂遮蔽了原本該有的恐懼，用獸的姿態四處捕捉著人的影子。

夜盡日出，瘋到不曉得該躲避陽光的吸血鬼大量燒融成屍湮，

不見天日的地下鐵成爲這城市最危險的地帶，二十四小時上演著屠殺秀。

整個曼哈頓變成了沒有對白的城市，四面八方迴盪著野獸的嘶吼。

十二小時前，進入曼哈頓搜尋生還者的第十山地師之第一軍團近乎全軍覆沒。

坦克被掀翻，強化防彈衣被撕開，幾十支對著滿街狂奔的吸血鬼射擊的自動步槍，好像射出槍管的只是一條一條軟弱無力的橡皮筋，打在那些咆哮的獸身上，完全不痛又不癢似地。

「開槍……繼續開槍！千萬不要中斷！打頭打頭！」

「不行了……他們完全瘋了！不可能檔得住他們的！」

「第四街整個被堵死了……大好機會！直昇機快點投彈！快！快！」

「聽清楚了！打頭沒有效！集中往膝蓋開火！打斷他們的腳！」

「我沒子彈了！誰還有彈夾！彈夾……啊！快點把我的手砍下來！」

「火箭炮支援……你問我打哪裡？隨便射！不要停下來就對了！」

「不是說轟炸機隨時待命嗎？快點過來啊！這裡沒平民了，不需要顧慮！」

「聽著，弟兄們各自找新據點躲起來，半小時後無線電聯絡！」

「長官！長官！轟炸機怎麼還沒來！轟炸機怎麼還沒來！」

噬血的瘋狗像黑色的海浪，淹沒了大街小巷，淹向視線茫然的陸戰隊們。

漸漸地，連槍聲也給淹沒了。

殘餘的軍團士兵，用僅剩的火力攻進了一間購物廣場，眼巴巴期待著援軍。

現在曼哈頓的上空，除了黑鷹直昇機在上空搜尋陸戰隊員血戰的痕跡，還有新聞記者瞠目結舌地獵取血腥的畫面，將無法置信的恐懼即時轉播給三億的美國觀眾看。

三億雙眼睛，三億份巨大的恐懼。

吸血鬼的存在，完全擋不住了。

第429話

這條街，如同載滿氧氣與血液的主動脈一樣，直接連接到世界經濟的心臟。

每一天，每一件在這條街上發生的事，都會影響全世界的人民怎麼期待明天的生活，怎麼計畫他們後天與後天之後的未來。

華爾街六十號，德意志銀行大樓。

深灰色的玻璃帷幕。滿桌焦黑的菸蒂。被古董花瓶砸壞的一整面現代藝術畫作。洩恨似的彈痕貫穿了電腦液晶螢幕。表情痛苦的吸血鬼黑幫老大抱著豬腦袋，不停地大吼大叫。

「老大……看來我們非撤不可了，街上的瘋子都滿出來了。」部下喘著氣，剛剛可是經過一番惡鬥才逃出生天。

「……」黑幫老大的手，已經將光頭腦袋抓出十條血痕。

「老大，那些狗娘養的怪品種連我們都會攻擊，被咬到的兄弟也跟著發瘋了，眼下除了撤，根本沒有辦法啊！」另一個部下的聲音還在發抖。

方才只差一眨眼，要不是電梯門即時關起，他也會被咬成瘋子。

黑幫老大大聲吼道：「我們能撤到哪？我們八成的地產！我們六成的錢都在這裡！要撤到哪裡？我們的根基就是錢，靠著錢才能跟人類談判！你說我們要撤到哪裡！」

歇斯底里的黑幫老大手裡拿著槍，咆哮中又朝強化過的玻璃帷幕開了幾槍。

但逃命的事，可不是幾發子彈就可以打發過去。

「老大，現在走還來得及啊，萬一人類開始轟炸曼哈頓，我們就得陪葬了。」

「是啊老大，要不我們帶著剩下的錢，去投靠洛杉磯的蛇幫吧！」

「十幾個血族幫派都在撤，我們也快撤吧！連最兇的達克幫分部也撐不住了！」

「老大！直昇機已經準備好了，再不走就來不及了！」

這些不知道丟錢肉痛的小嘍囉圍著失魂落魄的老大，七嘴八舌地勸逃。

他們渾然不知，就在一分鐘之後，將會有幾百個吸血鬼衝上五十幾樓的樓梯，張牙舞爪來到辦公室門外……

第430話

曼哈頓四周環水，恐怕是不幸中的大幸。

曼哈頓聯外的主要橋樑，布魯克林大橋、喬治華盛頓大橋、曼哈頓大橋與威廉斯堡大橋全部都被重兵把守，重型機關槍架在橋末、對準彼岸曼哈頓，想衝過橋的吸血鬼屍體前仆後繼倒成了一座座小山。

連結皇后區與布朗克斯的三區橋被戰鬥機打斷了，皇后中城隧道與林肯隧道都被軍隊用炸藥徹底崩壞，荷蘭隧道再過十分鐘也會被混凝土塞灌住，避免吸血鬼藉此向外滲透。

總部位於紐約德拉姆堡的美軍第十山地師的軍團，盡了最大的努力「封印」住曼哈頓，等待更多、更精良的陸軍師團支援。

可在那之前，還有重要的事情得做。

二十架黑鷹直昇機已經重新塡滿了油，弟兄們也有了共識。

「第二步兵團已經準備好了，隨時可以進城！」第二軍團團長報告。

「第三步兵團也準備完成，隨時進行掃蕩！」第三軍團團長報告。

「第四步兵團全員到齊，請准許立刻執行營救任務！」第四軍團團長報告。

這些立正站好的軍團長語氣都很焦急，因爲破城而入的第一軍團並未完全覆滅，殘餘弟兄們還死守著購物廣場，藉著無線電告訴其餘的軍團他們正努力地活下去。

時間一分一秒地過，曼哈頓的情況越來越糟。

第一軍團的弟兄再怎麼精悍、精神再怎麼堅強，子彈一旦用罄，什麼都完了。

「進城？」

第十山地師軍團總司令，茫然地看著軍事衛星傳來的最新畫面。

這個城市，還有任何希望嗎？

剩下的活人，値得部隊冒險進城解救嗎？

妖魔寄生的曼哈頓裡，不管軍隊用什麼裝備壓進去，都不可能生還的……

深呼吸，腦中還是一片漆黑，軍團總司令痛聲道：「不能再犧牲了！」

所有軍團長都愣住了。

美國軍隊最引以爲傲的，就是不曾放棄過任何夥伴。

這也是所有弟兄願意爲國家出生入死的重要關鍵。

男孩無他，生死與共。

那是義氣。

「可是長官！第一軍團還在等待我們的救援！」第二軍團長紅著臉抗命。

「都給我聽好了，你們的性命都要留著！不能夠明知有去無回還硬要進城，那不是執行任務，是送死！送死不是軍人該做的，聽懂了嗎？」軍團總司令大聲說著連自己也感到羞恥的話：「我們在這裡等待白宮進一步的命令，現階段不要讓那些吸血鬼離開曼哈頓才是我們應該執行的任務。每一根砲管都要對準橋，每一把槍都要對準橋，每一隻眼睛都要對準橋！第一軍團的弟兄們會理解的！」

「第一軍團還有人活著！他們可以活下來，我們就有義務救出他們！」

「閉嘴！」

「只要給我們二十分鐘，直昇機鎖定購物廣場位置，先用火力清掃街道一下，只是營救幾個弟兄很快的！」

「安德遜，你知不知道什麼叫軍命！」

此時，巨大的聲浪籠罩天際，將眾軍官的吼叫聲重重撥開。

幾十架前所未見的裝甲直昇機從哈德遜河上，慢慢壓到第十山地師軍團上空，朝著被重兵封鎖的鬼城曼哈頓前進。

「那是……哪一支部隊？」第四軍團團長抬起頭，不知所以然。

「是自己人嗎？是自己人吧！」第六軍團團長皺著眉頭。

沙沙沙地，眾軍官立刻從無線電裡聽到奇異援軍的通話。

「各位人類的戰鬥夥伴們，我們是Z組織麾下的第三種人類部隊，代號『灰色十字架』的反吸血鬼特種小組。」對方的聲音很沉穩。

「……你們打算做什麼？曼哈頓已經不行了。」軍團總司令質疑。

「曼哈頓情勢的確惡劣，我們也掌握了種種不利的情報，所以接下來的情況就交給我們了。我們Z組織絕對不會、也不能放棄任何一個存活的人類，包括陷落的第一軍團——請相信我們。」

語畢，無數黑點從直昇機上高速跳落。

一瞬間，數百張灰色的降落傘開滿了整個天空。

從高空中手持機槍就對準地面，灰色的眼睛銳利地掃視著底下異變。

這種陣仗，這種氣勢，絕對不只是營救生還者如此簡單……

灰色十字架，即將創造屬於Z組織登場的第一段歷史！

頭暈目眩

命格：情緒格

存活：兩百年

徵兆：莫名其妙地感到頭昏腦脹，就算在平地也以為天空在大旋轉，不只是平衡感失能，意識也會跟著模糊起來。

特質：宿主長期處於精神崩潰的邊緣，甚至產生「地球轉得好快」的錯覺感，日常生活大受影響，藥石無效，導致自殺者眾。

進化：如果宿主能捱得住「頭暈目眩」的能量不斷侵蝕自己的意識，慢慢加以掌控，則可以將「頭暈目眩」的命格能量擴散出去攻擊敵人，那便是非常兇猛的修煉格「空襲警報」。

〈呼喚亡靈的大海〉之章

第431話

七天了。

美國總統遭到公開刑殺的背後眞相，一直沒能破解。

日本當然拒絕道歉，美國社會持續群情激昂，國際社會全力相挺美國。

隨後全世界的人被吸血鬼「攻陷」紐約與南京的報導嚇呆了，前所未有的絕望持續衝擊著人類的社會。油價已經飆升到每桶四百八十塊美金的天價，各國股市則奮力往下無量破底，自殺率首度超過出生率。

爲防堵吸血鬼病毒大規模肆虐，公民疫苗法不只火速被國會通過，一百間Z組織主導的基因改造緊急手術室在洛杉磯快速完成，第一階段開放給所有自願報名接受「升級成第三種人類」的民眾，當然手術免費，由Z組織無限制資助。

明明就是非常古怪的計畫，接受改造的民眾卻絡繹不絕，大排長龍。

Z組織口中宣稱的「兩年內在美國籌備出一萬間基因手術中心」目標，首次有了起點。洛杉磯的街頭上開始出現膚色灰濁的新人種，其中不乏好萊塢明星、職業運動選手、地方議會議員也接受了這種怪異手術，一種新的美學正荒謬地上演。

而教宗彼德三世，竟然在梵蒂岡公開為世界和平祈禱的彌撒儀式中，以第三種人類的改造模樣出現，他意志清醒地宣佈：「第三種人類，是上帝的旨意。」

全世界譁然。

恐怖，眞的是一種比核子彈還要厲害的武器。

要反制恐怖，就只好用更大的恐怖。

「幻術的部份，吸血鬼很難在白天施展。」

喬治華盛頓航空母艦上，來自Z組織的戰略顧問尼爾說道。

「……但不能不防。」安分尼上將看著黑色的海平面。

「只要是雷達看不見的東西，就當作不存在，絕對不能被影響。」視訊螢幕上，馬克維奇將軍信誓旦旦，這幾天的鬱悶終於有了重重一吐的時刻：「反正飛彈不能鎖定看不見的東西，我們贏定了！」

「沒錯，即使能夠蠱惑人心，幻術還是沒辦法攔下飛彈。」視訊螢幕上的另一頭，皮克艦長附和：「勝利是佔在我們這邊的。」

突然之間，安分尼上將有點想念他的老友。

牙丸千軍，如果你還在的話，在這種節骨眼上一定還不肯放棄和談吧？

深夜四點，距離天亮只剩不到一個小時。

天氣預報：萬里無雲，陽光普照。

夜晚，是吸血鬼的領域，卻也是吸血鬼最鬆懈的時刻。

要對東京發動眞正的超襲擊，人類的軍隊一定會選在晚上。

但風險也無法估計。吸血鬼上次使用的極限幻術，根據F22戰鬥機上的電子通訊紀錄，竟然讓人類最優秀的空軍「看見了噴火飛龍」，在大海上慘遭近全軍覆沒的厄運。

這一次的總攻擊，是堂堂正正的全力狂攻，所以定在破曉時分。

白天，是跟日本自衛隊海軍硬碰硬。血族再強，也只能躲在東京地底裡搖旗吶喊，壓抑怒氣等待晚上的城市巷戰一口氣討回來。

但會有那種機會嗎？

即使這次的總攻擊時間，被日本自衛隊的情報網擷取知悉了，又能如何？

除了原本就在日本駐防的艦隊，分別駐守在韓國釜山、浦項、鎮海、新加坡等地的第七艦隊群，也紛紛在這幾天完成海上雄獅大集合。

光是看數據，就足以震懾所有與之對抗的國家。

由核動力航空母艦喬治華盛頓號、與藍嶺號兩棲登陸指揮艦爲首，四艘巡洋艦，二十二艘飛彈驅逐艦與護衛艦，六艘攻擊型潛艇，八艘登陸艦……麾下共六十艘軍艦，四百架戰鬥機，艦隊滿員的編制超過六萬人。

太陽一出，燦爛的陽光將灑在集結完畢的美國第七艦隊身上，漂漂亮亮，浩浩蕩蕩，彷彿只要瞄準敵人的方向航去，就能強勢消滅任何一個擋路的國家似的。

敵人一眼望之便心膽俱裂。

這次的接近戰不比二次世界大戰的諾曼第登陸，用的不再是陸戰隊不畏犧牲的人海戰術，而是綿綿無絕的飛彈砲彈，將打得日本自衛隊抬不起頭來。

預計將海岸線炸裂了一條燃燒的裂縫後，再來才是全世界最強的陸戰隊入侵。

「人類，眞的能贏嗎？」

看著這股氣勢達到最強盛的艦隊，安分尼心中沒有任何驕傲。

而是不安。

萬一連第七艦隊這一仗都打輸了……

「不，一定要贏。」

總攻擊。

倒數時間，一個小時。

第432話

總攻擊，倒數五十分鐘。

東京，地底。

禁衛軍指揮部，半圓形的作戰會議室。

南京突襲屢傳捷報，銀荷帶領一萬血兵生吞活剝了整個城市，還屢次進犯上海，戰到了幾個小時前都還保有六千實力，但製造出的可憐吸血鬼則有數十萬，完全將中國海軍牽制得死死的。

但血族的作戰會議室裡，完全沒有一點喜悅的氣氛。

太多情報都指出，第七艦隊的總攻擊已經進入最後倒數階段。

而血族的反制行動，也在快速倒數計時中……

牙丸無道淡淡道：「要不要多派幾個神道過去支援銀荷，穩紮穩打？」

南京搞定，意料之中。

一想到銀荷將幾十年前侵略中國時用的招式「滾鐵球」改成「空襲鐵球」，腦力又狂倍增的情況下，解放軍又怎能敵？獵人團裡有不少好手，可要接近銀荷的本體，也不是那麼容易的事。

「還有兩個神道已經趕過去了。」阿不思說，語氣也很平淡。

她的心中，跟牙丸無道一樣，一直都摸不透一個大問題。

到底是誰在「幫」血族，在紐約製造出那麼大的、異曲同工於南京的麻煩？

如果眞有盟友，爲什麼不來邀功？

這個世界並不存在這麼便宜的事。

每件事後面都有動機，動機後面藏著慾望。

擁有這個慾望的人，跟操弄淚眼咒怨刺殺美國總統的人，是同一個嗎？

「阿不思，晚一點妳要親自上場嗎？」

一個沉厚的聲音打斷了阿不思的思緒，高大壯碩的超凡身影蓋住了她。

鼻骨斷裂的武藏坊弁慶，報到多時。

阿不思點點頭，微笑：「任何時候，我都想親自上陣。」

「如果立了大功，以後我再也不想回到那石棺裡。」

另一個高亢的聲音，來自與武藏坊弁慶同樣高大的巨人。

左眼瘀青的能登守平教經，這次出棺竟然沒有機會與仇人弁慶交手。

「今天的海戰不比你們兩個當年打過的那場，我們先在地面候著吧。」

阿不思扭了扭手腕。

這幾天自己都陪著這兩個史前大怪物在地下皇城裡，美其名暖身，實則一面倒地痛毆尚未完全恢復身手的弁慶與平教經。一直揍到他們完全甦醒爲止。

這兩個鼻青臉腫的大怪物，雖然彼此仇恨，但一出棺就被一個女人毒打，也就打消互毆的念頭……完全沒意思了。他們只想著要如何在阿不思面前表現，展現出身爲武將的價值。

阿不思看著超大環形螢幕，幾百個畫面都在等待待會海上發生的事。

海上的防線遲早被破，再來就是地面的事。

到了地面戰的那一刻，所有軍事大權都將集中在牙丸無道一個人手上。

因爲阿不思絕對是血族在地面上，不可或缺的「絕對軍事力」。

第433話

總攻擊，倒數四十分鐘。

東京，上百架高射砲瞄準著天空。

一棟高樓天井，正在舉辦一場人體烤肉。

十幾個額頭上還綁著「勒令投降」布條的人類，被彎曲的鋼條從肛門刺進去、再從嘴巴裡穿了出來，像烤小鳥一樣串了起來。

底下放了一大盆火慢慢地燒，鮮血一滴一滴落在火盆裡，發出輕微爆裂的滋滋聲。

被女人打得全無還手之力的橫綱，洩恨似一個人默默吃了三個烤人。

這幾天他都沒有跟虎鯊合成人TS-1409-beta講上一句話……他媽的沒義氣的傢伙，被女人打敗的醜樣全教他看在眼底了。

「嘖嘖，那群壞傢伙竟然放了你，眞不可思議。」

越吃越肥的狩，已經吃了好幾桶的炸雞，汽水也喝了好幾瓶。

雖然已經不算是十一豺的正式成員，但狩還是經常跟他們混在一塊，想說自己乾脆練一點新能力消耗熱量算了，一直無節制吃下去是很快樂沒錯，但最近真太胖了，走起路來已經會喘……

傷勢恢復泰半的賀快快說道：「他們說，我有更好死的地方。」

的確有這種地方。

這裡很快就會有大戰，要殺的敵人很多，浴血奮戰也是一種慷慨赴義。

但，這並不是上官留賀一命的理由。

第434話

「不說出地下皇城的直達路線的話，你眞的會死。」

上官單手將戰敗的賀重重摔在牆壁上，賀吐出一口鮮血。

不說。

「徐福不是很強嗎？引我去見他，不是正好被他殺掉嗎？說啊！」

上官用力一踢，將賀又踢去撞牆。賀的五臟六腑幾乎要踢碎了。

還是不說。

「我不是君子，別太奢望我問話的手段。」上官非常厭惡問話時要搭配動手動腳的，現在已經到達他的極限：「再給你一次機會，說出來我轉頭就走，不然就一掌打碎你的腦袋。」

接下來，上官看到難以理解的畫面。

剛剛還一心求死的賀，竟跪了下來。

多年以來都汲汲營營想與最強者上官一戰，還精心設下對自己絕對有利的局面，老實說，失敗並不在賀的人生規劃裡。

他滿腦子，都想著幹掉上官後縱聲大笑的畫面。

一切成空。

身爲戰士，賀當然可以死，但眞心不想死在這種缺乏覺悟的悔恨裡。

眞可憐。

人性是很複雜的，現實世界裡的人性可不是小說大綱裡的人物設定。

有時你自以爲忠誠，但往往是背叛的誘惑太低。

有時你自以爲癡情，事實上你只是沒本事劈腿。

賀已經錯過了，豪爽赴死的情緒。

充分讓戰敗的感覺侵蝕了的賀，精神能力正急速萎縮。

「你要說什麼？要說請放過我吧，好讓你繼續變強？要說變強之後想再與我奮力一戰？省省吧。」上官冷冷地說，語氣裡完全沒有要饒過賀的意思：「我提早告訴你結果好了，你所有想要打敗我的念頭都是徒勞無功。你就死在這裡吧。」

「我……」

賀吐出斷牙，用力說出同樣難以理解的話：「就要世界大戰了……我想看看這裡會變成什麼模樣……拜託了，我眞的很想看看……東京血流成河，到處都是慘叫跟火焰的模樣啊！」

原來是這麼回事啊，上官眞的傻眼了。

這傢伙，徹徹底底是個毫無道德感的怪物。

「看過之後呢？」上官嗤之以鼻：「就可以死了？」

賀頓時精神百倍，說：「看過之後，我會盡情大戰一番！然後自殺！」

上官啐了一口，說：「求我放他一條生路的人，說要自殺？」

「沒錯，如果戰爭結束後我竟然還活著，一定在東京鐵塔上自殺！」

賀說得很激動。

上官感覺……超好笑的，扔下一句：「那就期待你自殺了。」

就離開吵死人的地鐵了。

第435話

那些畫面，那些對話，自己的改變……

休想賀向任何一個人提起。

「這麼說起來，上官他們也是站在血族這邊？」大鳳爪調整著假髮的角度：「只是他們打招呼的方式稍微讓人討厭了點？」

大鬧一個城市、亂扔燒夷彈、隨意殺掉一些嘍囉，其實也沒什麼。

「不，他們只是覺得事有蹊蹺。」賀玩著飛刀，淡淡地說：「這場戰爭背後的原因，好像不是我們這種人能理解的。算了……」

「不能理解，就處理可以理解的部分就行了。」虎鯊合成人TS-1409-beta自有一套現實的思考邏輯：「摸上來的人類部隊，看到就統統殺光吧！」

冬子笑嘻嘻地舉雙手贊成：「統統殺光！」

「……」莉卡斜眼瞪著一絲不掛的冬子。

莉卡雖然心裡知道自己不會永遠跟這些人一掛，但冬子老是什麼都不穿，看起來眞的非常礙眼。這種整天跟變態爲伍的臥底生涯，讓莉卡的脾氣有越來越暴躁的趨勢。

「不過就快要天亮了呢，我們得先躲好，天黑以後再大顯身手。」大山倍里達扭動初癒的筋骨：「希望白天自衛隊盡量挺住啊！」

他比同樣受到蜘蛛猛毒攻擊的阿古拉幸運，傷勢更嚴重的阿古拉持續報廢中，而大山倍里達經過肌肉移植手術後已經復元了九成，這段休息的時間裡東京發生了很多事，全都錯過的他恨不得立刻就開幹。

「我們可不比以前了呢。」

用飛刀慢慢切著燒烤好的手臂，賀不禁有點感慨。

東京十一豺，曾經威風凜凜擋者披靡，現在爲首的牙丸傷心被幹掉了，阿古拉廢掉了，狩的復出遙遙無期，實質上剩下八人，只補了一個看起來又沒多強的長刀莉卡。太多人也戰敗了……橫綱，冬子，大山倍里達，虎鯊合成人TS-1409-beta，以及自己。

不過，此刻坐在這頂樓待命的只有……？

歌德不在，那是理所當然的。

身爲一個遵守恐怖電影規則的無限復活狂，誰都沒辦法眞正殺死他。

同時身爲一個連環殺人狂，誰都無法掌握歌德神出鬼沒的行蹤。

但……

「對了，怎麼沒看見優香呢？」

第436話

總攻擊，倒數三十分鐘。

東京，被墜落的戰鬥機擦撞起火的商務大廈裡，最高級的套房。

張熙熙正在吹頭髮，這幾天她所做的事全都跟練武無關。

螳螂已經連續做了一萬次的伏地挺身，一直無法停下來。

這幾天他一停止伏地挺身，就會想起那個賤女人從陰部拿出手機的畫面，讓他激動得想吐。要不是上官閒閒陪他過了幾招，螳螂一定會衝出去找人再戰。

「那小子會遵守跟你的約定嗎？」

聖耀啃著超營養的血漿蛋土司，突然想起了賀。

「會吧。你不懂自尊心嗎？」上官躺在沙發上看書。

「……大概懂吧。」聖耀隨口亂答：「可死掉了的話，自尊心也沒用啊。」

上官笑笑，不再解釋。

聖耀的優點，就是放心而爲，只爲了單純的情感與理由動作著。

自尊心這種看起來很高貴、實際上卻很傷情緒的東西，完全不會影響到聖耀。

這樣多好。

「……就連我都想辦法從軍艦上偷到情報了，血族那裡，也一定知道人類的總攻擊時間。完全就是公開的決鬥了，打起來一定很火爆。」阿海玩著電視遊戲機，遊戲是漫畫《刃牙》改編的雙人格鬥。

阿海很欣賞流氓「花山薰」，每次玩都用那一隻。

「眞的很巧，我們才剛剛到日本就遇到這種觀光大事。搞不好等一下，戰斧飛彈會直接命中這棟樓呢。張熙熙妳離窗戶最近，看到飛彈逼近的時候要叫一下啊。」賽門貓拿著另一台遙控器，聚精會神用角色武神「愚地獨步」跟阿海的「花山薰」對打。

話說花山薰的腕力被遊戲設定得強，正好與大鳳爪有異曲同工之妙，他忍不住回想起那天晚上被痛毆的感覺。

答答答答……答答答答……兩個吸血鬼正在用手指決勝負。

這幾天食物充足，洗手間裡堆滿了穿著特別V組假軍服的捕食士兵。

這種爲虎作倀的人類，吃起來完全就是太過癮，就連聖耀也不會面有難色。

第437話

總攻擊，倒數二十分鐘。

東京，灰濛濛的海岸線。

雄壯威武的自衛隊海軍軍艦一字排開，充滿著悲壯的赴難氣息。

日本的國防軍費位居全世界第四，僅次於美國、中國與法國，養兵千日，可不是養來投降用的。豢養他們的主人不可能下令棄守，這些軍隊也只好接受他們即將成爲「英雄」的事實。

海上最強防禦「萬鬼之鬼」結界裡，目前是由年輕一輩的白非與白力鎮守。

萬鬼之鬼結界的大後方，還有一群戰鬥力與其驕傲不相上下的難纏人物。

站在高塔上，他們冷眼看著即將天亮的海岸線。

「海岸線有我們白氏，後面才是牙丸。瞧瞧誰才是最勇敢的戰士。」

貴族長老白無感受著從海上傳來的鬥氣。

一個一個最兇殘的腦兵器，就站在白無身後。

白氏貴族的四大長老，白無、白常、白喪與白舌，好整以暇地穿著白色狩衣。年輕一輩，白刑、白響、白離等人則穿著白色的西裝，有點輕浮的傲氣。

天曉得他們在腦子裡養了多少奇形怪狀的怪物，就等那些衝上岸的人類驗收。

天空響起一聲清雷，白無微感詫異。

那個最接近神的男人，完全醒了！

第438話

總攻擊，倒數十分鐘。

負責第一波攻擊的六十架戰鬥機早已添滿了油，隨時起飛。

駕駛員在機艙中祈禱。

「雷力，旗開得勝。」跑道指揮員拍拍F22的機身。

「殺他娘！」坐在裡頭的雷力豎起大拇指，他絕對要發射第一枚飛彈。

爲了保護空軍血族的幻術攻擊，唯一不受幻術侵擾的雷力需要更強大的裝備。

Z組織幫雷力重新調整過系統，讓雷力可以連同自己實際駕駛的F22戰鬥機外，同時用輔助駕駛操控兩架F22。在新系統的飛行模擬室裡雷力表現的非常優異，一口氣操縱三台戰機根本不是問題，壓倒性地獲得認同。

若不是上頭覺得太誇張，雷力還想挑戰一個人獨飛十架F22！

安分尼上將看著海平面。

此時此刻與他一起看著同一條海平面的海軍將領，大概有上百個吧。

在這一場戰爭過後，誰的戰艦射出了更多的飛彈、誰的飛彈擊殺了最多的敵艦，就會晉陞得更快。這可是武將難能可貴的機遇。

十艘Z組織的科學觀測艦也就位了。

這些觀測艦將亦步亦趨地跟著第七艦隊推進，將戰場上發生的一切記錄下來。更重要的是，這些觀測艦會將戰爭影像即時回傳到Z組織的海底城，給自始至終最有興趣的那一個人欣賞。

Z組織的首領莫道夫的影像傳送到安分尼上將面前，說道：「謹祝勝利。」

陪在安分尼上將旁邊的Z組織戰略員尼爾，嘆氣：「原本要來的中國海軍也回返了，看來南京的吸血鬼動亂比紐約更甚，上海真的岌岌可危。要壓制世界各地的輿論，我們需要一場大勝仗。」

大勝仗嗎？

就等海那頭的血族開城恭獻了。

全員就位。

六十艘吞食天地的軍艦，慢慢一分為三。

總攻擊，只剩倒數五分鐘。

「全軍預備。」安分尼上將沉穩地說。

遠遠，一聲雷。

遠方飄來一片黑壓壓的大烏雲，烏雲以極誇張的速度衝向第七艦隊。

黑風呼嘯，烏雲裡奔騰著無數詭異的閃電。

動用了好幾台氣候與軍事衛星做出來的天氣預報，怎麼會在瞬間逆轉？

「……」安分尼上將瞪著天空，握緊了佈滿老人斑的拳頭。

無邊無際的大烏雲籠罩過來，將原本的日出破曉蠻橫地吞了進去。

此時的天空已是全黑。

海面上的浪越來越大，小一點的軍艦微微晃了起來。

「不可能是吸血鬼能改變天氣！這是幻覺！」馬克維奇將軍無法置信。

啪嗒。

早已清空的甲板跑道上，雷力瞪著機艙玻璃上的水珠。

「不是吧？」雷力張大了嘴。

開始下雨了。

竟然開始下雨了！

「這是什麼詭計？如果只是幻覺的話，那些見不得光的吸血鬼也不可能攻過來啊？」尼爾驚呼，這種狀況完全超出預料。

「不，天氣確實改變了。」雷力打開機上的通訊系統，對著司令塔報告。

不是幻術……氣候確實改變了？

血族什麼時候擁有可以改變天氣的能力！

「全軍停發，警戒敵人！」安分尼上將用力掐著麥克風。

轟隆！

十幾道青色的雷光從黑雲衝進大海，高熱爆開了海面，瞬間蒸發成霧。

雷氣崩落了雲上的水氣。

雨水激不成珠、上兆條水線狂射、狂射、狂射。

巨大的雷聲不停，一道又一道鞭笞著大海，大海痛得哀號起來。

大海在搖晃。

就連最大的喬治華盛頓航空母艦都感覺到了。

嗶。

嗶。

「長官！有東西快速從海底接近艦隊！」雷達官驚道。

「什麼東西？是魚雷嗎？」安分尼上將趕緊一看。

雷達上，一個不斷閃爍的光點從海底一千公尺處往上衝。

一千公尺？現在最新的潛艇只能潛到六百公尺啊！且移動的速度比世界上任何一艘潛艦都要快上許多！

「不可能……訊號非常大，至少有一艘戰艦那麼大……不，更大！」雷達官快速報告最新數據：「九百公尺……八百公尺……七百……」

「速度太快，先發射魚雷反制對方吧！」副雷達官一凜。

「發動攻擊！」安分尼上將下令。

其他艦艇也發現了從海底逼近的不明威脅，第一時間爲了自保全發射了魚雷。十幾枚最先近的追蹤魚雷鑽進海裡，在雷達上化成急促閃爍的小光點，往快速移動的巨大光點追逼去。

嗶。

嗶。

？

那巨大的光點瞬間往旁竄，速度又加快了。

魚雷的感應裝置追了上去，死咬不放。

「這個世界上哪有那麼大的東西，行進得那麼快？」雷達官大呼。

「肯定是血族的新式武器！」副艦長盯著雷達，背脊發汗：「混帳啊……」

這時，負責擔任斥候的攻擊潛艇也出聲了：「報告指揮部，那海底下的東西……太快了無法鎖定！」

一瞬間第七艦隊所有的焦點，都集中在那一個快速閃躲魚雷的光點上。

「到底是什麼！」馬克維奇將軍在另一艘艦艇上大罵：「想辦法快追！」

雷達上出現匪夷所思的畫面。

那巨大的光點在海底甩了個彎，竟以直線加速度往上暴衝。

暴衝——

「那東西往艦隊中心衝上來了！」

「距離拉開！把距離拉開！」

「快解除魚雷！」

來不及——了！

十幾枚魚雷同時在接近海面時爆炸，震波之大衝亂了眾軍艦的電磁訊號。

海水沸騰，風雨狂亂。

無法正式記載於這場大海戰的超級凶獸，破出海面。

日本國史上最強怪物。

八岐大蛇！

《獵命師傳奇》卷十四　完

《獵命師傳奇》卷十五・預告

「這……是幻術嗎？」

雷達上，出現密密麻麻的光點，幾乎覆蓋了整個電子螢幕。

數百成千寫著古老誓約的紙片從黑雲頂端落下，在雷電交加中幻化成獸。

鼓盪著黑色翅膀的人面烏鴉，淒厲的叫聲宛若嬰兒在哭。

甩著刀刃般尾巴的飛舞鐮獸，在狂風中張牙舞爪翻滾著。

——全部都衝向第七艦隊群！

地對空高射砲咚咚咚地朝天狂射，綿密地在艦隊前築起火網。

「弟兄們，該我們上了！」雷力的F22戰鬥機第一個衝出跑道。

最強大的現代軍隊，首度遭遇最古老的咒獸大軍。

高踞漫天黑雲的頂端，十三根手指慢慢地結著大衝魔手印。

「這就是，咒。」

最接近神的男人，風雅地微笑。

獵你的創意，秀你的圖
「獵命師大募集！」活動

發揮你的想像，秀出你的創意，畫出或者cosplay《獵命師傳奇》你心目中的故事角色，我們將於《獵命師傳奇》最新一集出版前，固定由作者九把刀親自遴選，刊登在當集的《獵命師傳奇》書中喔！讓你的創意在《獵命師傳奇》的世界中登場，還可以得到獵命師限量周邊！

- 活動詳細辦法，請至蓋亞讀樂網貼圖區參觀 http://www.gaeabooks.com.tw/
- 大賞得主除可得到《獵命師傳奇》新書一本，還另有神祕禮物喔。
- 入選者皆可得《獵命師傳奇》新書一本。

【本集大賞】

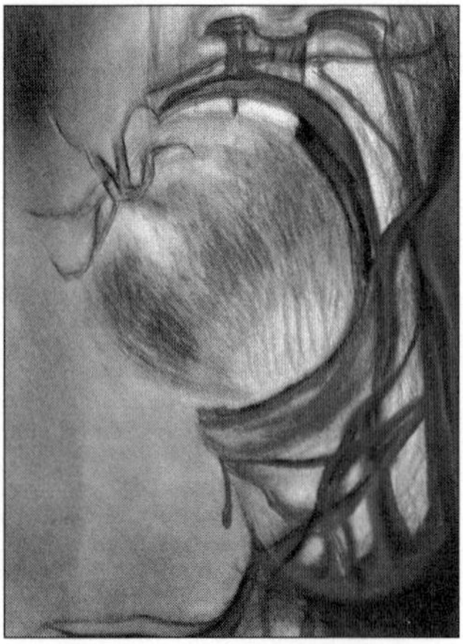

toko93114051 ◆天醫無縫

刀大評語：
又創意　畫得又很棒　不給你大獎好像顯不出我很認真看！

cloud9010 ◆萬鬼之鬼

刀大評語：
我很喜歡這種透著劇情片段的畫面啊

e745890 ◆命格：死亡連鎖

超級死兔子◆武藏 & 阿通

abctina2000 ◆書恩

kennytun0605 ◆最強的忍者 - 服部半藏

boga357753 ◆牙丸武士

jwang0215 ◆上官

rosary823 ◆優香

七轉八落．貞義◆白氏．夜中

goday ◆樂眠七棺

國家圖書館出版品預行編目資料

獵命師傳奇.Fatehunter／九把刀(Giddens) 著.
——初版.——台北市：蓋亞文化，2008.10-
冊； 公分. ——(悅讀館；RE084)

ISBN 978-986-6815-74-4 (卷十四；平裝)

857.83　　96025712

悅讀館 RE084

獵命師傳奇系列【卷十四】

作者／九把刀（Giddens）
插畫／練任
封面設計／克里斯
出版／蓋亞文化有限公司
地址◎台北市103赤峰街41巷7號1樓
電話◎（02）25585438　傳眞◎（02）25585439
網址◎www.gaeabooks.com.tw
服務信箱◎gaea@gaeabooks.com.tw
投稿信箱◎editor@gaeabooks.com.tw
郵撥帳號◎19769541　戶名：蓋亞文化有限公司
法律顧問／宇達經貿法律事務所
總經銷／聯合發行股份有限公司
地址◎新北市新店區寶橋路二三五巷六弄六號二樓
電話◎（02）29178022　傳眞◎（02）29156275
港澳地區／一代匯集
電話◎（852）27838102　傳眞◎（852）23960050
地址◎九龍旺角塘尾道64號龍駒企業大廈10樓B&D室
初版八刷／2017年5月
定價／新台幣 199 元
Printed in Taiwan

ISBN／978-986-6815-74-4

RE084
GAEA

獵命師傳奇
天命在我・自創一格
——創意命格有獎徵文活動

替獵命師們構想奇命！為自己開創中獎命數！

由於反應熱烈，命格徵文活動將改爲每冊固定舉行。我們會在每次《獵命師傳奇》出版前，固定由作者九把刀遴選投稿，讓你設計的命格在下一集《獵命師傳奇》的世界中登場。

獲選者可獲贈《獵命師傳奇》周邊商品，及九把刀最新作品一本。

■注意事項

⊙命格投稿請比照書中一貫的描述格式，並塡寫本回函所附表格。

⊙請參加讀友留下正確姓名地址，以便發表時註明構想者與贈獎。

⊙本活動遴選之命格使用權利歸蓋亞文化有限公司所有。

⊙活動及抽獎結果，將於每集《獵命師傳奇》出版時公佈於蓋亞讀樂網。

⊙本抽獎回函影印無效。

姓名：________生日　　年　　月　　日 性別：□男□女

聯絡電話或手機：________

E-mail：________

地址：□□□

____

命格名稱：________

命格：________

存活：________

徵兆：________

____

____

特質：________

____

____

____

進化：________

關於命格投稿，九把刀會針對投稿者的想法創作更完整的設定修改，以符合故事須要，或九把刀個人愛胡說八道的壞習慣。戰鬥吧！燃燒你的創意！

廣告回信 郵資免付
台北郵局登記證
台北廣字第675號

蓋亞文化有限公司　收

103 台北市赤峰街41巻7號1樓

Gaea